Dernière ambition

Mélinda Schilge

Dépôt légal : 2020

1. Octobre 1994

André Riviere se tenait devant les baies vitrées de son bureau et observait son reflet dans la vitre. Il arborait avec fierté deux épais sourcils, noirs, malgré sa chevelure blanche. Ses traits réguliers et la fossette rectiligne de son menton lui donnaient un charme indéniable ; ses rides soulignaient son visage carré sans l'avilir. À soixante-huit ans, il pouvait encore se targuer d'être un bel homme. Il retourna à sa table de travail. Il dut s'y appuyer avant d'atteindre son fauteuil et il faillit lâcher le stylo qu'il tenait à la main : les jambes de son pantalon aux plis impeccables contenaient deux membres fragiles ; son âge le rattrapait, son élégance ne compensait plus les dégâts qu'il causait. Lui qui avait toujours craint de vieillir, il devait admettre qu'il s'y trouvait, aux portes de la vieillesse. Il se redressa néanmoins : il était encore un dirigeant éminent du groupe Erigea, que diable ! Son ascension au sein de la firme spécialisée dans la vente de grues avait été un combat de longue haleine. Une assiduité hors norme lui avait permis d'obtenir une première promotion. Puis, il avait décroché le poste de directeur des ventes qui s'ouvrait aux USA. Quinze ans plus tard, un membre du comité de direction lui avait dévoilé certains fonctionnements obscurs de la société : un ingénieux montage permettait de contourner l'embargo contre la Corée du Nord. Peut-être avait-il cru trouver un allié. Riviere s'était gardé de tout commentaire et avait fait savoir à sa hiérarchie, par le biais d'allusions bien placées, qu'il connaissait ces agissements. Il avait ensuite pris la place du délateur et avait intensifié les ventes dans ce pays interdit. Peu de temps après, il était devenu directeur général de la filiale française. Il avait cédé à quelques autres compromissions et sacrifié son mariage. Il avait ainsi conservé son poste. Il était devenu inaccessible, tellement au-dessus des autres qu'il semblait avoir perdu son humanité, dissoute quelque part dans les strates du pouvoir.

La forêt située en arrière-fond était un de ces îlots précieux de l'ouest lyonnais qui couvait, en ses vallons, d'authentiques vestiges d'une nature inexploitée. Elle était éclairée de doux rayons obliques et tremblotants. Mais, le spectacle automnal qui s'offrait à lui le laissait de marbre, son regard cherchait au-delà des arbres parés de jaune orangé. Même le succès qu'il venait de remporter aux Prud'hommes contre une jeune employée, grâce aux mensonges ingénieux de ses avocats, ne parvenait pas à le réjouir, il ne se contentait plus de ce genre de victoires. Riviere se redressa, il poursuivrait, avec hargne ; plier devant l'âge n'était pas une option envisageable. Il s'assit sur son siège capitonné à roulettes et tapota son sous-main avec nervosité tout en embrassant la pièce du regard : le blanc du sol et des murs donnait de la profondeur, et faisait ressortir par contraste son bureau massif et vernis, il aimait cela. Il se mit à réfléchir en posant un doigt sur les lèvres. *Comment renouer avec de vieux… amis ?* Il reposa son stylo en pestant : *comment se fait-il que, lui, Riviere, tout-puissant, peine à écrire une lettre ?* Son stylo résistait. Les mots ne glissaient pas sur le papier comme il l'aurait voulu ; certes, d'ordinaire, son Montblanc était surtout rompu à une signature aux arcades complexes et énigmatiques, déposée sur des documents officiels.

Il sursauta soudain : on frappait à la porte, ou plutôt on grattait, et ce grattement-là, il le connaissait bien, il précédait son homme à tout faire, Hertzan. Riviere soupira : *viendra-t-il à bout de ce damné courrier ?*

La porte s'ouvrit, un homme trapu aux cheveux noirs gominés annonça d'une voix sourde :

— Un stagiaire, Nathanaël Payin, aimerait vous parler.

Ils savaient tous les deux que l'information ne présentait pas d'intérêt. Hertzan ajouta d'un ton égal :

— Il vous a vu la semaine dernière au café Politique.

Riviere hésita. Hertzan ne lui dit pas que, pour obtenir une entrevue, Payin avait menacé de propager une rumeur : le départ de Riviere lorsqu'il deviendrait maire du 4ᵉ arrondissement de Lyon. Depuis des années qui s'éternisaient, Erigea n'attendait que cela, qu'il s'en aille, n'en revenant pas qu'un sexagénaire tînt aussi longtemps à la tête de l'entreprise.

À peine Riviere eut-il consenti à l'intrusion que Payin s'avançait d'un pas décidé. Hertzan s'effaça après que son patron lui eut fait un signe d'acquiescement de la main. Arrogant, désinvolte, le jeune homme disposait d'un physique avenant : grand, le front haut, le nez grec et le teint mat, il avait des yeux noirs et un sourire qui s'élargissait dans des pommettes saillantes, charnues et fermes. Il tendit la main ; Riviere eut un mouvement de recul et resta immobile, en posant sur lui un regard interrogateur. Payin ne se démonta pas, il s'assit, rapprocha son siège et posa ses mains sur l'immense plateau qui composait le bureau du directeur général. Il s'affranchit des préambules protocolaires de rigueur.

— J'ai beaucoup aimé votre allocution sur le projet

d'un parking, déclara-t-il simplement avec un naturel désarmant. Je pense que le plateau est au bord de l'asphyxie : stationner à la Croix-Rousse est devenu une épreuve. On peut tourner des heures et finir sur un passage piéton…

Riviere allongea les bras devant lui et plissa les sourcils.

— Venez-en au fait, jeune homme !

— Je suis socialiste comme vous et je me bats contre les ensembles immobiliers qui dénaturent notre colline. A priori, j'étais contre l'idée d'un parking souterrain. Le fait que les places soient payantes était inacceptable !

Il se composa une expression admirative :

— Mais quand vous avez argumenté, tout s'enchaînait. À la fin de votre discours, on ne pouvait que penser comme vous. Vous êtes Le candidat des municipales de la Croix-Rousse, vous m'avez scotché.

« Scotché » : les jeunes ont des expressions étranges… Riviere visualisa son rouleau d'adhésif devenu poisseux, il l'exposait sur le bureau de son domicile, uniquement parce qu'il était pris dans un socle d'ivoire finement ciselé.

D'ordinaire, il chassait – comme il le ferait d'une mouche – ce genre d'importun. Cependant, cette irruption juvénile mêlée à sa lettre récalcitrante le ramenait cinquante ans en arrière, dans l'étroitesse des voies qui se profilaient devant lui, ou plutôt devant l'unique issue qui pouvait lui donner un avenir : la grande école. À ce moment précis de son existence, cette liberté incongrue, cet opportunisme époustouflant, cette audace, au lieu de l'agacer, l'intriguait.

Payin poursuivait :

— Je suis étudiant à l'ESC Lyon, habitant du 4ᵉ arrondissement depuis toujours, et j'ai mes entrées au

Club de tennis. Prenez-moi dans votre liste, vous ne serez pas déçu. J'ai envie de m'engager avec vous. Je sais que vous allez gagner. Dorcel n'a plus aucune chance. Il commence à amuser le monde. Et les bobos sont prêts à voter pour vous.

Riviere leva la main pour l'interrompre et sourit, narquois.

— Jeune homme, vous êtes… totalement inexpérimenté.

— Monsieur Riviere, laissez-moi mettre ne serait-ce qu'un orteil dans la cour des grands. Vous ne serez pas déçu. Soyons honnêtes, vous avez besoin de montrer quelques portraits un peu plus fringants sur votre liste.

Riviere le toisa tout en l'observant ; prendre le risque de sortir de ses cercles d'influence pour recruter un électron libre n'était pas dans ses habitudes, il se mit calmement à consulter son agenda afin de prendre le temps de réfléchir. Sans lever la tête, il maugréa finalement :

— Nous allons voir ce que vous avez dans le ventre : établissez-moi un carnet d'adresse de jeunes Croix-Roussiens acquis à notre cause et organisez-moi un événement où je puisse m'exprimer… disons… Voilà, dans six mois, le samedi 15 avril.

Riviere ajouta :

— Et demain, venez au quartier général pour la réunion mensuelle de campagne.

Le jeune loup a les dents si longues qu'elles menacent de rayer le sol : en reprenant sa lettre, Riviere se promit de calmer les ardeurs de ce jeune homme… même si, à son âge, il faisait preuve du même enthousiasme. Enthousiasme bien vite consommé par le terrible engagement exigé par son unité de la Résistance française. Il lui fallait d'ailleurs s'en remémorer la flamme, il se remit à ses écritures.

... Je me souviens d'un temps où nous avons mené ensemble des projets d'envergure. Je vous propose de regonfler notre volonté, notre courage d'antan pour se lancer dans une aventure, qui, je le sais, vous séduira. Nos vies sont au crépuscule, mais aujourd'hui, je veux nous donner une nouvelle chance d'accomplir de grandes choses au sein du quartier qui nous a vus grandir. Rendez-vous au bistrot... vous savez lequel, j'en suis sûr... le mercredi 19 octobre à 15 heures 30.

André Riviere avait mené une enquête rapide sur ce qu'ils étaient devenus, ses amis. Ils habitaient tous les deux la Croix-Rousse, le fameux 4e arrondissement de Lyon qu'il s'apprêtait à conquérir. Marius était un bouliste invétéré, propriétaire d'un bar ; Céleste fréquentait la haute société lyonnaise, notamment au Rotary, mais ses fréquentations étaient des militants de tous bords. Il misait sur leur incorporation dans son équipe de campagne, ce qui lui garantirait leur silence, sinon... il lui faudrait trouver un autre moyen de l'obtenir. Il cacheta les lettres et les déposa dans la bannette du courrier « à envoyer » destiné à sa secrétaire.

Il se tourna alors sur la gauche. Légèrement en arrière, était exposé un tableau austère représentant son défunt père, Hector Riviere. Il avait été peint alors que celui-ci renonçait à accéder au plus haut poste administratif de la Croix-Rousse : adjoint au maire pour le 4e. À l'époque, il n'y avait pas de maire d'arrondissement. Son père regardait devant lui et l'on voyait ses mains posées sur ses genoux : Hector se tenait droit, fier ; il venait de décider de rejoindre la Résistance, il ne ferait pas partie de l'équipe du futur maire provisoire. Capitaine d'industrie, il avait été pressenti à cette haute fonction, mais pour des raisons que Riviere ne connaissait pas, il avait finalement rejoint le maquis. Ce portrait avait accompagné André tout au long de sa carrière. Quand sa femme avait commencé à lui mener la vie dure, il l'avait installé à Erigea. Après son divorce, il l'avait laissé là. Lorsqu'il était confronté à une décision difficile, il s'en remettait à ce regard exigeant qui avait tiré toute sa vie.

Il gonfla le torse. Il l'aurait, lui, ce poste de maire !

Le soleil fut englouti par un nuage avide. Une ombre passa sur le tableau, on eût dit que la nuit l'avertissait soudain… Mais il ne croyait pas aux signes, il croyait en lui. Plus que jamais. Farouchement.

Le souvenir de son père le ramena à sa mère. La dernière fois qu'il lui avait rendu visite, il lui avait demandé quels étaient les personnages les plus importants de la Croix-Rousse. Elle avait cité, entre autres, un boucher, ce qui l'avait fait sourire. Après réflexion, il avait réalisé qu'elle était dans le vrai : cet homme voyait circuler une bonne partie de son électorat. Riviere était bien certain que Dorcel, qui ne savait pas apprécier un bon repas, – à tel point qu'il avait un jour demandé un hamburger dans un restaurant chic où il avait été invité –, ne penserait jamais à visiter ce Croix-roussien-là. D'ailleurs, il était temps de se préparer : ce soir, il dînait justement chez ce fameux boucher, le seul qui portait cravate et veston sous sa blouse de travail (qu'il ne boutonnait pas) ! Il ouvrit une porte coulissante à l'arrière de ses étagères vitrées. Il disposait d'une vasque posée sur un marbre. Dans l'enfilade, caché par un rideau, se trouvait un lit à l'intérieur d'une alcôve ; depuis le temps, André avait oublié qu'elle avait été installée d'après les plans établis dans la maison d'enfance de sa mère. Lyonnaise d'adoption, Rose ne mentionnait d'ailleurs jamais qu'elle venait du Massif central.

Riviere ajusta son légendaire nœud papillon noir rayé de rouge. En se saisissant du coûteux parfum qu'il achetait dans des boutiques duty free de l'aéroport de Satolas, il eut un moment d'hésitation... Subitement, il se souvint de la flagrance qui avait accompagné Payin lors de son entrée... Nul doute : ils avaient le même parfum.

2. Transitions

Quand le bruit de la serrure annonça sa mère, Marie, étudiante de 23 ans, éteignit son ordinateur en toute hâte. Au moment même où l'image disparaissait de son écran, elle regretta son geste : elle avait exterminé un monstre incroyablement laid à la tronçonneuse. Ensuite, découvert un stock de munitions dissimulé avec art. Tout cela était le résultat de plusieurs heures de jeu ! Il lui faudrait tout reprendre à zéro…

Décidément, ce n'était plus possible : plus possible de saborder ses parties afin d'éviter d'essuyer les remontrances de sa mère persuadée que l'ordinateur était une sorte de sangsue avilissante, qui engloutissait une jeunesse décadente.

Plus possible de quitter une soirée qui battait son plein et de traverser leur appartement dans le noir, pour que sa mère puisse la trouver sagement endormie dans son lit au petit matin.

Plus possible…

La liste serait trop longue.

— Bonjour, ma chérie.

Heureusement, sa mère ne déposa que le baiser réglementaire sur son front, Marie ne supportait plus ses cajoleries. Cependant, après des hésitations, elle ne put s'empêcher d'ajouter :

— Pourquoi est-ce que tu t'habilles toujours en noir ? Mets donc un peu plus de couleurs, cela te va si bien.

De la couleur, et quoi encore ? Elle ne voulait pas ressembler à un clown, elle *!* Marie ne répondit pas : elle sentait la colère monter. Quelque temps auparavant, elle avait confié à Samantha, son amie, que, pour elle, sa mère ressemblait à « un pathétique pantin ». Ses cheveux cuivrés par le coiffeur tombaient sur un visage bronzé par un fond de teint généreusement tartiné : son accoutrement de plus en plus ostentatoire exaspérait la jeune fille. Samantha avait rétorqué qu'elle avait de la chance d'avoir une mère qui prenait soin d'elle : « La mienne ressemble déjà à une grand-mère », avait-elle regretté. Marie avait reconnu de mauvaise grâce qu'elle enviait la dextérité de sa mère à se composer un nouveau visage. Et, heureusement ! Depuis son divorce six mois auparavant, cette dernière traversait des phases d'errements pendant lesquelles elle laissait linge, vaisselle, courrier, s'accumuler dans l'appartement, et la seule façon qu'elle avait d'en sortir était de rejoindre ses amies dans des lieux qui réclamaient bienséance et élégance.

— Quoi encore ? s'agaça la jeune fille qui attendait que sa mère passât la porte de sa chambre.

Une inspiration indiqua que cette dernière s'apprêtait à lui parler ; pour couper court, Marie se leva subitement et lui déclara :

— Je vais acheter le pain.

Comme elle s'arrêtait pour se laver furieusement les mains, sa mère l'intercepta :

— Marie, ce n'est pas…

La jeune fille ne l'entendait déjà plus : elle dévalait les escaliers. Elle se retourna avant d'ouvrir la porte du bas et aperçut sa mère qui brandissait sa baguette par-dessus la balustrade, tel un chef d'orchestre. *On dirait qu'elle veut remettre de l'ordre parmi des musiciens classiques qui se seraient mis à jouer du jazz*, songea-t-elle, sarcastique. Marie fit comme si elle n'avait rien vu. Mais, elle passa devant la boulangerie et poursuivit jusqu'à la cabine téléphonique qui jouxtait la bibliothèque. Là, elle sortit un ticket de bus de sa poche sur lequel elle avait noté un numéro. Elle le composa avec fébrilité. Dans quoi mettait-elle les pieds ? Risquait-elle de se jeter dans un piège ?

— Bonjour, bredouilla-t-elle, j'appelle au sujet de votre annonce qui propose un logement au centre de Lyon contre services rendus…

Une voix sourde, un peu nasillarde, la coupa :

— Oui, nous cherchons des aides pour des personnes âgées. En échange, nous proposons effectivement le logement, cela vous intéresse ?

Marie sentit son cœur battre plus fort en acquiesçant.

— Les entretiens ont lieu à l'extérieur de Lyon, au Hameau, dans les Monts d'or. Une ligne de bus partant d'Hôtel de ville vous pose juste devant.

— Très bien. Est-ce que ce serait possible demain, à 18 h par exemple ?

— Disons… Plutôt vendredi, à 15 h 30.

Elle raterait son cours de calculs paramétrés. Le jeu en valait la chandelle : elle accepta.

Il ajouta :

— Avez-vous un peu d'expérience avec les…

— Pardon ?

Un groupe de vieilles personnes s'était formé près de la cabine : « Non, mais vous avez vu ça ? Jean-François a bien failli se faire renverser par ce gamin ! » vociférait une dame en levant sa canne.

Marie dut se boucher une oreille tellement ils

parlaient fort.

— Je disais : Avez-vous de l'expérience avec les seniors ? répéta Hertzan.

— Eh bien… J'ai… des grands-parents.

Elle ne trouva rien de mieux à dire et se jugea ridicule. Son interlocuteur sembla satisfait et mit fin à la conversation. Tant mieux, parce que de toute façon, elle parvenait à peine à l'entendre. La troupe d'anciens s'était installée juste devant la porte de la cabine.

— Pardon…

Elle essaya en vain de passer dans l'entrebâillement. Elle n'osait pas pousser trop fort de peur de blesser la dame aux cheveux blancs qui s'était placée devant : « J'ai 77 ans, clamait-elle, et vraiment, je ne m'attendais pas à ce que l'on me laisse faire la queue. Je voulais juste rendre un livre, et j'ai dû rester debout, derrière une mère de famille qui embarquait une montagne de livres pour sa marmaille. » Elle poursuivit en décrivant l'excitation incontrôlée de ces enfants. Marie fut choquée de son manque de considération. Elle tenta une nouvelle fois de se frayer un passage en douceur. Rien à faire. Contrainte et forcée, Marie dut écouter leurs revendications. *Qu'ils sont exigeants ! Leur céder une place assise dans le bus passe encore, mais ils ne peuvent quand même pas jouir de privilèges illimités...*

Enfin, elle put se glisser vers l'extérieur. Ils se turent en la laissant avancer. Marie s'interrogea : *Qui sont ces gens qui ont traversé des pages d'histoire qu'elle n'a pas vécues ?* Elle avança puis s'arrêta un peu plus loin. Elle se retourna et observa un vieux monsieur au manteau élimé qui sortait de la bibliothèque. D'autres vieilles personnes le suivirent de peu. *Décidément, le club du troisième âge s'est donné rendez-vous !* Elle se demanda ce qu'ils avaient bien pu emprunter. *Lisent-ils autre chose que des romans à l'eau de rose ? Osent-ils parfois un bon polar ?*

Elle s'éloigna, songeuse. Qu'avait-elle de commun avec eux ? *De quoi parlerait-elle avec une mamie dont elle partagerait les murs ?* Elle songea à ses grands-parents. Elle les aimait bien, et pas seulement pour le billet qu'ils glissaient dans sa main quand elle venait les voir. Mais, que savait-elle d'eux ? Elle se surprit à se questionner ainsi. Jusqu'alors, elle ne s'était jamais vraiment intéressée aux personnes qui composaient cette tranche d'âge, qui semblaient tellement éloignés de ses préoccupations. Cela dit, une cohabitation avec une vieille dame serait moins pénible que sa vie actuelle : sa décision de quitter le cocon maternel était prise. Elle se dirigea vers la boulangerie puis retourna chez elle. Cet appartement-là qu'elle n'avait pas eu le temps d'apprivoiser, et tant mieux, elle ne s'y laisserait pas prendre cette fois-ci ! Ses parents l'avaient si bien déracinée…

Avant d'affronter de nouveau le regard de sa mère, elle s'examina dans le miroir de l'entrée. Elle secoua sa chevelure d'ébène qui fit miroiter des reflets soyeux. Ses pommettes remontèrent avec le sourire qu'elle étira sur son visage : Non, vraiment, elle n'avait pas besoin de poudres. Elle passa son doigt sur un nez en trompette puis sur des lèvres charnues qui s'offraient, et termina sur un menton volontaire. Rassérénée, elle traversa alors le salon pour déposer le pain dans la cuisine. Sa mère lui demanda en forçant la voix depuis le canapé dans lequel elle s'était affalée :

— Je veux bien que tu nous cuisines un repas J'ai un

coup de fatigue : j'ai beaucoup couru cette fin de journée. Et ça m'a d'ailleurs valu d'être secouru par Baudouin ! ajouta-t-elle, en le soulignant d'un air docte, son index levé.

— D'accord, fit Marie, sans attendre la suite.

Elle ne voulait pas entendre les actes d'héroïsme du meilleur élève de sa classe, ce qui pourrait bien être suivi par les affronts fomentés par Alizée qui ne manquait pas de provoquer sa professeure d'anglais. De toute façon, lorsque sa mère se prélassait de cette façon, Marie savait qu'elle n'y échapperait pas, à la préparation du repas. Ce jour-là, elle alla jusqu'à mettre la table, ce qu'elle ne faisait pas d'ordinaire : elle retournait dans sa chambre et attendait que sa mère vienne la chercher.

Sa mère ne tarda pas à la rejoindre et la remercia d'un regard. Cependant, à peine assise, elle lui proposa de but en blanc :

— On pourrait voyager toutes les deux : qu'en dis-tu ma chérie ? J'ai pensé qu'on pourrait partir pendant le week-end de la Toussaint.

Marie ouvrit une bouche étonnée, elle reposa sa fourchette. Ce n'était pas qu'une idée en l'air, sa mère avait un projet. La jeune fille tenta :

— Je n'ai pas de vacances à cette date-là.

— Ma chérie, après ce que nous a fait subir ton père, nous avons besoin...

Marie ne l'écoutait plus, c'était le moment.

— Okay. Par contre, après, il sera temps pour moi d'avoir mon propre logement.

Sa mère serra sa serviette de table, l'étonnement puis la colère se lut sur son visage. *Mon propre logement,* elle avait dit cela. Le mot *propre* raisonna étrangement à son oreille. Marie était fière d'elle, mais elle savait que cette décision allait avoir des répercutions. Le cordon nourricier serait rompu. Avant la liberté, il y aurait les douleurs et les grincements de dents.

***

Riviere écoutait distraitement la radio, assis à l'arrière de sa voiture. En Afghanistan, le mouvement dissident des talibans menaçait un pays écrasé par les moudjahidines. Riviere se demanda si leur succursale chinoise pouvait en être affectée. *Une agitation qui sera vite étouffée*, estima-t-il. *Ou pas.* Le principal était que cette perturbation ne compromît pas ses affaires. Il nota mentalement de consulter son ami Pierre-Henri à ce sujet. Peut-être était-il temps d'y installer des intermédiaires. Il avait repéré une firme qui projetait d'acheter des mines en Afghanistan avant que le pays ne se refermât de nouveau : une piste à creuser.

Son chauffeur le posa à Erigea. Ce jour-là, retenu par un rendez-vous pour sa campagne, Riviere revenait tard, il tenait néanmoins à y passer. Il traversa le bureau de sa secrétaire sans un regard alors qu'il avait exigé qu'elle l'attendît, et déposa son pardessus sur un coin de table. Carole l'installerait sur un cintre dès qu'il aurait passé la porte. Parfois, son habit glissait au sol ; il poursuivait alors, princier.

Elle vint quelques minutes plus tard, chargée de documents à signer. Il sentit qu'elle ne demandait qu'à partir. Il ne la libèrerait qu'après avoir fait le tour de toutes les questions du moment. In extremis, il lui demanda encore d'établir un courrier, dont le degré

15

d'urgence était contestable.

Elle s'en acquitta.

Parfait.

Elle ajouta même en le lui apportant :

— Il reste les réponses négatives pour le poste de credit controller. Monsieur Hernandès a refusé de les parapher.

Riviere les repoussa avec humeur : Hernandès le provoquait.

— Vous les signerez vous-même, indiqua-t-il, le visage fermé.

— Bien, monsieur, obtempéra-t-elle en se raidissant.

Quand elle sortit, il soupira. Elle méritait mieux que d'écoper du bras de fer entre lui et Hernandès, mais il n'avait pas le choix. Elle était consciencieuse, il pourrait au moins lui témoigner sa reconnaissance. Cependant, il savait qu'une armée de collaborateurs plus ou moins bien intentionnés le talonnait ; les ambitions s'engouffreraient dans la moindre brèche laissée sans surveillance. Il était persuadé que s'il montrait de l'attendrissement, Carole prendrait ses aises et il avait besoin plus que jamais qu'elle fût sur ses gardes. Il rejoignit son cabinet de toilette en soupirant et leva un regard courroucé sur un miroir encastré dans des boiseries : le visage qu'il y trouvait avait toujours quelques rides en trop.

Hertzan arriva peu après, par la porte dérobée.

— Tu rajouteras Hernandès sur la liste de tes suivis, lui ordonna-t-il sans préambule.

— Entendu, monsieur Riviere.

— C'était bien pour Resus.

Hertzan sourit. Il avait un peu effrayé le bonhomme et Riviere avait obtenu ce qu'il voulait.

— Je peux continuer si vous voulez.

— Non, non, ça suffira.

Hertzan l'effrayait parfois.

— Il faudra que je vous montre : les micros, dans la salle de réunion, ils sont invisibles et pourtant on peut tout enregistrer. Vous savez où ils sont ?

Riviere ne répondit pas.

— Dans le bac à fleurs. Vous remercierez la fille de la communication...

Riviere le laissa parler, affichant un sourire entendu.

— ...Il y a juste quand Thimonnier arrose : on dirait le bruit de la mer, vous savez : comme quand on était à l'océan, poursuivit-il.

Il s'esclaffa.

En réponse, André Riviere se leva et prit deux verres. Il était rare qu'il s'autorisât de telles privautés avec Hertzan. Lui aussi, il avait aimé ce moment en Floride. En pleine nuit, ils avaient laissé leurs habits sur la plage et s'étaient baignés.

Il aurait aimé faire des choses semblables avec son père.

Avant de partir, Hertzan lui dit qu'il avait trouvé une candidate pour leur programme du hameau. Il la rencontrait le lendemain. Riviere acquiesça tout en pensant : *Pourquoi faut-il qu'Hertzan gâche toujours tout ?*

***

15 h 15, parfait, dans les temps. Marie marcha quelques centaines de mètres de l'arrêt de bus. La route était déserte, lisse et entourée d'une forêt qui se défeuillait, et dont l'odeur d'humus était entêtante. Elle longeait une barrière d'un blanc laqué impeccable qui aboutissait à un portail immaculé surmonté d'une enseigne indiquant "Le Hameau", peint en lettres calligraphiées. Une voix féminine l'accueillit par l'intermédiaire d'un interphone. L'étudiante se présenta, les gongs firent alors pivoter les battants dans un bruit d'engrenage bien huilé.

Elle se trouvait à l'orée d'une ruelle incongrue et silencieuse se terminant au loin par un lampadaire. En avançant, elle eut l'impression de traverser un décor de film. L'entrée des pavillons était protégée par un auvent de bois massif encadré par deux petites fenêtres. Certaines avaient des rideaux. De part et d'autre des porches se développaient deux minuscules carrés d'herbe verte rasée au plus près ; deux d'entre eux étaient devenus des jardinets. L'un foisonnait de massifs en attente du prochain printemps, l'autre portait en son centre une gerbe d'herbes folles. Elle accéléra le pas et atteignit une sorte de place entourée de bâtiments plus imposants. Sur la gauche, une nouvelle ruelle, calquée sur celle qu'elle quittait, était close dans le fond par un mur d'enceinte. Une femme d'une cinquantaine d'années en tailleur mauve sortit pour lui faire signe d'entrer. Elles passèrent devant un salon bruyant dont la porte était fermée, avant de pénétrer à l'intérieur d'un réfectoire vide. Marie y resta seule et finit par s'asseoir près d'une fenêtre. Un quart d'heure plus tard, un homme au visage allongé et inexpressif entra soudainement. Il boitait légèrement. Elle se leva en le détaillant : la peau grasse, le nez petit et écrasé, il avait des cheveux noirs coupés proprement. Il lui serra mollement la main, mais ne se présenta pas. Il s'assit en face d'elle, une table les séparait. Sur un ton monocorde, il lui décrivit le fonctionnement de l'association "Aide à domicile contre logement" qui se résumait à un principe : « Il faut venir au secours des personnes âgées, car elles sont en danger. » Son interlocuteur lui expliqua que les vieux mouraient souvent d'un banal accident domestique parce qu'ils refusaient d'admettre qu'ils étaient incapables de vivre seuls. Il lui déversa l'histoire d'une vieille femme qui s'était évanouie dans sa baignoire et qui n'avait pas trouvé la force d'en sortir. Elle s'était éteinte dans l'eau froide. Le médecin avait estimé qu'il avait fallu trois jours pour que son corps épuisé rende la vie. Marie nota que son interlocuteur ne manifestait, lui, aucune émotion. Il l'exhorta néanmoins à faire son devoir afin de sauver ces hommes et ces femmes qui ne savaient pas eux-mêmes qu'ils avaient besoin d'aide.

Il conclut en s'avançant :

— Vous avez compris, mademoiselle, que votre mission ne se limite pas aux tâches ménagères. Votre logeuse a besoin d'une nouvelle vie, une existence adaptée aux handicaps qu'elle se refuse de voir. À vous de la convaincre d'acquérir une maison du Hameau, un lieu où elle sera enfin en sécurité.

À aucun moment, il ne l'avait vraiment regardée. Tout en parlant, il serrait ses doigts au point d'en faire blanchir les phalanges. Elle observa ses mains épaisses, une poigne solide. Son col s'ouvrait sur une lourde chaîne en or, elle se demanda si cet homme brillait en des bas-fonds peu recommandables ou s'il œuvrait pour un nanti. Elle sentit monter une appréhension inexplicable. Il ne laissa aucun écrit ; il annonça simplement que le jour où la vieille dame signerait l'achat d'une maison au Hameau, on lui rembourserait ses frais d'inscription et on lui verserait en prime 2000 francs. Marie avait un an devant elle. Tous les mois, elle devait rendre compte de ses actions pour que l'on puisse « l'aider » à rectifier le tir. En cas de non-coopération, elle serait radiée de l'association et devrait quitter le gîte octroyé sur-le-champ. Sur ses mots, il se leva :

— Madame Lelièvre, pouvez-vous montrer l'appartement témoin à cette jeune fille ?

Marie dut monter dans une sorte de voiturette de golf. Elles se rendirent à l'autre bout du hameau. Madame Lelièvre la fit pénétrer dans un pavillon garni de fleurs en plastique et de napperons monochromes. Elle lui détailla les aménagements qui offriraient du bien-être à son heureuse propriétaire. Bien-être semblait être d'abord synonyme de sécurité. Après la visite, Marie reconnut que le logement était bien pensé. De plain-pied, il bénéficiait, comble du luxe, d'une douche à l'italienne avec colonne hydromassante. Elle se retint de critiquer la décoration qu'elle jugeait ampoulée. Une fois qu'elle eut débité son argument commercial avec un visage sec et sévère, son hôtesse la ramena à la place centrale et lui indiqua en la quittant qu'elle lui ouvrirait.

Marie retourna sur ses pas en contemplant le portail forgé qui s'étirait en de fines arabesques. Certes, l'endroit paraissait (sur-)adapté pour les vieilles personnes, mais elle, jamais elle n'aimerait vivre ici. Même avec une centaine d'années de plus. Les battants s'ébranlèrent quand elle s'en approcha. La jeune fille repéra les caméras braquées sur elle et songea que les pensionnaires de cette étrange résidence étaient sous bonne garde. Le portail se referma derrière elle en un claquement sec.

3. Premières victoires

Et smash ! Nathanaël remportait le cinquième set ; le public qui avait rempli les gradins du club de tennis de la Croix-Rousse l'ovationna.

— Yes ! cria-t-il en levant le poing.

Un éclair carnassier enflamma son regard et il se rassasia goulument des poignées de main qui l'assaillirent. Il se laissait porter par le flot de supporters. En sortant du court, ses traits se tendirent imperceptiblement, une évidence se dessina dans son esprit : cet évènement devait être l'un des premiers jalons de son parcours politique. Ici, il était connu et reconnu. Il se remémora les paroles d'Hervé, le directeur de campagne : « Il est temps de commencer à activer vos propres réseaux », avait-il dit le jour précédant pendant la réunion. Cependant, il avait ajouté : « Et toi, Nathanaël, tu testeras le concept de liste socialiste auprès de tes copains du 4e et tu noteras comment ils réagissent », ce qui l'avait souverainement agacé. Il leur prouverait qu'il était capable d'agir efficacement malgré ses vingt-et-un ans. Et pas seulement parmi ses amis.

Il pénétra dans le club house avec un pas de conquérant et salua les habitués : il avait une excellente mémoire des noms et une facilité à tutoyer. Il se positionna au centre de la grande table, qui n'offrit bientôt plus aucun siège libre, et il commanda le plat du jour le plus cher : daurade à l'huile d'olive et câpres. Au fil de la conversation, il indiqua qu'il comptait prendre une place au conseil municipal. Il posa des questions sur les besoins du complexe et écouta d'une oreille attentive les doléances : « La mairie finance la moitié du budget des rencontres entre clubs, mais on a beau lui envoyer des invitations, le maire n'a jamais daigné se montrer lors des tournois annuels. » « Une fois, il s'est déplacé pour le tournoi de judo d'à côté. Évidemment, il passait sur FR3, alors... » Certains accusèrent le maire de s'intéresser plus aux crottes de chiens de la ville qu'à ses concitoyens. Chacun renchérit, la discussion s'emballa. Nathanaël encourageait d'un hochement de tête tout en restant évasif sur les propres propositions de sa liste. Après le développement du calendrier et des objectifs de campagne, Hervé avait indiqué les écueils à éviter : « Restez réservés : nous sommes encore loin de l'offensive finale. L'idée est de lancer une sorte de veille active auprès des groupes qui vous sont familiers, mais pour le moment, pas de chiffres, pas d'engagement. On étudie. Dorcel nous attend au tournant, ne l'oubliez pas. »

Nathanaël quitta le bar sur de franches embrassades, en synthétisant mentalement ce qu'il pouvait rapporter à la prochaine réunion. Distrait, il percuta violemment un senior pressé qui se rendait sur le court voisin. Il faillit le remettre vertement à sa place ; il se contint :

— Ce n'est pas grave, marmonna-t-il, bon prince.

Mais l'autre s'éloignait déjà en titubant. L'étudiant se retourna et, un sourire narquois au coin des lèvres, il se dirigea vers le court où jouait l'ancien : il était curieux de voir comment des joueurs du troisième âge s'en sortaient avec une raquette.

Les services manquaient de vigueur et les jambes ne couraient pas assez vite. Ceux-là, il pourrait les éliminer en deux sets. Après quelques minutes d'observation dédaigneuse, il assista cependant à de jolis coups tout en finesse... Certes, ils bougeaient peu, mais ils plaçaient leurs balles là où ils le voulaient. Ils étaient même capables d'accélérations vigoureuses et efficaces !

Finalement, le jeune vainqueur partagea une certaine admiration avec Reynaud, le patron du club, qui passait à côté de lui.

— Dis donc, ils ne se débrouillent pas si mal, les seniors, avança-t-il.

Ils restèrent silencieux devant un bel enchaînement.

— Ils persévèrent… Ils s'entraînent parfois plusieurs heures. Et pourtant, je leur ai répété qu'ils prenaient des risques en jouant si longtemps avec leurs cordages mal réglés !

— Et moi qui pensais qu'ils n'avaient aucun mental.

— Hum… Si tu t'en réfères au planning des courts de tennis…

Nathanaël admit que les seniors devenaient omniprésents ici, et avaient même une fâcheuse tendance à phagocyter le planning : combien de fois avait-il renoncé à un entraînement parce que tout était réservé par ces envahisseurs ? Cependant, revenant à sa volonté de conquérir ses premiers électeurs ici, il s'intéressa un peu plus à eux :

— Pourquoi ne participent-ils pas aux tournois ? Nous pourrions les pousser un peu. J'aimerais bien avoir l'occasion de me mesurer à eux !

— Euh… Je pense que ce sera difficile. Ils jouent plutôt entre eux.

Nathanaël se rappela qu'au club house, aucun d'entre eux ne s'était joint à sa tablée ; ils avaient préféré s'installer près de la baie vitrée qui donnait sur les terrains.

— Comment ça entre eux ? Ils sont si nombreux que ça ? s'étonna-t-il.

Reynaud soupira :

— Non, mais ils ont leur propre organisation.

— Et qui en est le grand ordonnateur ? plaisanta l'étudiant.

— Dis donc, tu es bien curieux… se défendit Reynaud.

Son visage devint grave.

— J'aimerais juste les connaître un peu mieux.

La réponse de son interlocuteur l'intriguait.

Reynaud baissa la voix en se penchant sur le côté sans le regarder :

— Ils appellent ça « la Ligue ». Il paraît qu'ils ont un site sur l'Internet[1], et qu'il s'agit d'un groupuscule très fermé, révéla-t-il.

Il ne lui dit pas que la Ligue l'avait contacté l'année précédente, et qu'en l'échange d'une place pour son père dans une maison de retraite, il avait concédé des tarifs avantageux pour ces adhérents très spéciaux.

Nathanaël prit congé, songeur. *S'il parvenait à choper un tentacule de cette pieuvre, il aurait la tête, et potentiellement tout un réseau qui pourrait bien avoir d'autres ramifications dans l'arrondissement, et là, on lui confierait de vraies missions dans l'équipe de campagne.* Il se résolut à effectuer rapidement des recherches sur les ordinateurs connectés au « Web » de

---

[1] Pour Reynaud et ses contemporains, internet était encore l'Internet, une invention époustouflante : la majuscule des années 1990 était une façon de consacrer le réseau.

son école de commerce[1]. En montant dans sa Clio, conquérant, il frappa son volant d'un grand coup, serra les dents et démarra en trombe. Au dernier moment, il tourna à droite. Il voulait faire un détour par le quartier général de campagne, situé dans un recoin de la place de la Croix-Rousse.

On le fit patienter ; néanmoins, il put être reçu par Riviere. Il brûlait de lui parler de la Ligue, mais il se contenta de décrire ses succès au club.

— Je sais pourquoi Dorcel est mal vu au club et...

Riviere l'arrêta :

— Dites donc, jeune homme, il me semble que vous avez outrepassé les consignes que l'on vous a laissées.

— Ils sont prêts, monsieur Riviere, laissez-moi leur dérouler notre programme.

— Sachez, jeune homme, que j'ai pour habitude de me fonder sur des initiatives issues de l'expérience, ressource dont vous ne pouvez disposer, quoi que vous fassiez. Tenez-le-vous pour dit. Bravo pour votre succès en tennis, mais ici, si vous voulez réussir, eh bien, commencez par courber l'échine et admettre que vous avez beaucoup à apprendre.

Nathanaël jugea plus prudent de sortir, il bouillonnait. Une fois dehors, il se dirigea tout naturellement vers l'appartement familial. Il foula rageusement la terre rouge de la place de la Croix-Rousse. Son *téléphone portable* sonna, il le brandit hors

---

[1] Jeune fougueux, Nathanaël ne mesurait pas sa chance : en 1994, en France, l'Internet n'était accessible qu'à un nombre réduit d'utilisateurs dans un petit nombre d'entreprises et d'universités. En 1996, les accès professionnels dénombrés étaient encore inférieurs à 400 000.

de sa poche en regardant autour de lui. Une foule nombreuse flânait sous les platanes dénudés par l'automne. Ce bijou de la technologie des années 90 était encore très peu répandu et il savait qu'il faisait sensation. Un entrepreneur généreux lui en avait fait cadeau ; l'étudiant avait dû définir le marché potentiel de la visioconférence pour un client de la Junior Entreprise de son école, ce qu'il avait accompli, avec un certain brio.

Le numéro de son domicile familial s'afficha, il s'étonna que son père eût enfin compris qu'il pouvait le joindre sur ce téléphone.

— Alors ? Tu as remporté le match ? s'enquit ce dernier d'une voix qu'il jugea étonnamment pâteuse.

— Oui, j'ai gagné, répondit-il comme s'il s'agissait d'une évidence. J'arrive !

— Mais…

Il marchait maintenant sur l'asphalte gris de la chaussée. Il apercevait les lourds panneaux de bois de la porte d'entrée de l'immeuble cossu qu'il avait quitté depuis peu.

Quelques minutes plus tard, il se trouvait dans la cuisine de son enfance.

— Alors, ça avance pour toi ?

Il sirotait un jus dans le verre aux reflets rouges qu'il affectionnait. Son père s'activait, un pan de sa chemise était sorti de son pantalon.

— J'ai été à deux doigts d'être pris à un poste de credit controller. Mais hier matin, j'ai reçu une lettre indécente tellement elle était polie, une réponse « ne remettant pas en cause vos compétences », mais qui n'en veut pas, de vos compétences !

Il leva le poing, puis baissa la tête.

— J'y ai cru à ce poste. Alors cette fois-ci, j'ai voulu comprendre. On m'a fait poireauter plusieurs heures, mais finalement, on m'a reçu… et on m'a dit, tiens-toi bien, on m'a dit que j'étais trop jeune !

— Non… Étonnant, effectivement, et c'était où ?

Son père ouvrit la bouche, puis la referma.

— Je t'ennuie avec tout cela. Allons plutôt au salon.

Il lui faisait signe de le suivre, le torchon toujours en mains. Songeant que c'était le moment de lui parler, Nathanaël s'installa sur le bord du canapé et fixa les miettes sur le tapis rouge. Puis, sur un ton badin :

— J'ai une bonne nouvelle : je vais participer à la prochaine campagne municipale.

— Bien, bien, pour le maire sortant, parce que…

— Non, non, pas ce perdant : non, je pars avec Riviere. J'ai déjà commencé à faire campagne. Imagine-toi que j'ai un premier plan de bataille : attaquer par le club de tennis…

— Nath, je t'arrête tout de suite : tu ne vas pas faire des plans sur la comète ; tu vas distribuer les tracts, applaudir au discours. Mais, pour cette année, cela s'arrêtera là.

— Ne t'inquiète pas…

Son père plissa les yeux, la colère irriguait déjà ses sourcils. Le jeune homme ramassa les miettes d'un air provocateur.

— Il n'est pas question que tu t'engages là-dedans cette année, tu m'entends ? Tu dois terminer tes études.

Il claqua le torchon sur la table basse ovale.

Nathanaël releva la tête : mal rasé, des cernes sous les yeux, son père était…pitoyable. *Comment se fait-il qu'il ose s'immiscer dans ses projets alors que lui-même n'est même capable de trouver un nouveau travail ?*

— Tu ne peux pas comprendre, il faut que je fonce ! J'ai une chance, là, une chance à saisir ! assena-t-il, en se relevant.

Il ne le laissa pas poursuivre, et ajouta que, de toute façon, il n'était pas en position de lui donner un conseil, lui… le chômeur.

****

Le lundi suivant, Riviere conviait ses amis et quelques membres de sa future liste à un repas. Ils se retrouvèrent dans un bouchon[1], restaurant estampillé lyonnais depuis des lustres (situé dans un autre arrondissement, pour plus de discrétion). Les murs de bois bordés de corniches plantureuses étaient chargés de tableaux et autres gravures hétéroclites. Le menu était écrit à la main sur de larges miroirs. La lampe à suspension donnait une lumière tamisée et les banquettes en cuir accueillaient confortablement ses convives.

Il avait invité une vingtaine de personnes, des relations de sa colline, triées sur le volet – forcément des hommes –, et de sa génération : sur ces points, Riviere était intraitable. Les convives voteraient tous pour sa future liste, de cela, il en avait l'assurance ; l'un

---

[1] L'un des convives expliqua l'origine des bouchons (ou bousches) : l'enseigne de ces haut-lieux de la tradition lyonnaise étaient en des temps éloignés des enseignes composées de branches de pin, formant autant que possible une boule.

d'entre eux, mis dans la confidence en avant-première, lui avait même déjà proposé de payer une facture de la campagne. Il y avait là un médecin, un avocat, des hommes d'affaires, des fonctionnaires. Ils avaient une histoire, ils étaient investis d'une expérience qui les mettait au-dessus du commun des mortels, ils se sentaient au sommet de leur existence : ils *étaient* un patrimoine ou une ressource, ou alors ils *savaient*. Subrepticement, Riviere leur fit admettre qu'ils étaient les intermédiaires entre les Croix-Roussiens et les ancêtres de leur colline. Puis, il laissa son équipe animer la conversation. Il s'agissait de comprendre ses futurs partisans. *Respect, devoirs, silence, soins :* le vocabulaire de leurs préoccupations communes était clair. Riviere s'immisça alors de nouveau dans le débat, en particulier lorsqu'il entendit parler de sécurité : ce thème, difficile à saisir en tant que socialiste, lui semblait pourtant novateur. Un directeur d'usine lui rétorqua en soupirant que la presse l'accuserait d'avoir retourné sa veste, s'il s'engageait sur ce terrain. Son ami médecin lui donna une piste qui le fit réfléchir : « Quand on est de gauche, on a théoriquement le devoir de maintenir la sécurité parce que l'insécurité touche les plus faibles, non ? » Tout en songeant à la seconde serrure qu'il venait de faire poser sur sa lourde porte de bois, Riviere ramena le débat sur leurs thèmes de prédilection, ses invités jouèrent le jeu… feignant de ne pas remarquer son ton cassant. Ils s'esclaffaient avec allant à chacune de ses piques ironiques. Soudain, cependant, un silence accueillit l'étrange souhait d'un ancien conseiller de Dorcel :

— Pourquoi diantre la jeunesse nous écoute si peu ? pourquoi sommes-nous les mal-aimés de notre temps ? Nous avons vécu, sacrément vécu même, que diable !

Riviere se nourrissait de la déférence de son entourage, mais avait depuis longtemps renoncé à de telles considérations, *être aimé : foutaises*. Un rictus souleva la commissure gauche de sa lèvre. Son rire, froid, déstabilisa son assemblée. Personne n'osa lui en faire la remarque.

Riviere choisit ce moment pour faire sensation.

— Mes amis, Pierre-Henri parle d'un problème qui nous concerne tous ici : nous sommes seuls au sommet d'une organisation, d'une société, mais aussi d'une pyramide des âges. Les jeunes vivent dans un autre monde, ce que nous avons vécu ne ressemble en rien à ce qu'ils vivent. Et, nous avons à résoudre des problématiques dont la base n'a même pas connaissance. Vous êtes mes alliés et vous savez que je suis ambitieux. Pour moi, pour vous aussi, je souhaite que les années noires... voire sanglantes – je veux parler des années de guerre, vous l'aurez compris...

Un mouvement de son visage exprima une imperceptible pause, comme si quelque chose lui avait coupé le souffle, quelque chose comme une menace qui ne serait pas passée loin. Cependant, il reprit en forçant un peu la voix :

— ... je souhaite que ces années-là soient dépassées pour nous porter tout en haut. Hadrien – non pas toi, cher ami, ironisa-t-il, en s'adressant à un avocat de renom qui avait traité nombre de ses affaires : Hadrien l'empereur, disait que l'on pouvait détruire les murs de Rome, mais que l'on n'atteindrait jamais son âme et celle des villes qu'il avait prises comme modèle. C'est dans le cœur des villes que nous devons entrer pour que notre histoire, nos combats, laissent leur empreinte dans l'Histoire, comme de mérité. Mes amis, je vous ai rassemblés ici afin que vous preniez part à mon plus beau projet : celui d'investir la mairie de l'impétueuse Croix-Rousse !

Un tonnerre d'applaudissement lui répondit. Sa campagne se profilait sous des auspices favorables.

***

Cependant, Riviere ne tarda pas à réaliser que la campagne le poussait aussi dans des retranchements qu'il aurait aimé laisser dans l'ombre.

« Pendant la guerre, j'ai été résistant... » Deux jours plus tard, ces mots sortirent de sa bouche malgré lui.

Il n'aurait pas dû accepter de venir ici. *Quelle idée saugrenue !* Hervé avait obtenu un entretien sur un banc de la place Commandant Arnaud, soi-disant pour que sa biographie – qu'ils devaient écrire –, s'imprégnât de la Croix-Rousse. Agacé, Riviere se redressa et posa ses mains sur les genoux en maugréant. Il faillit le laisser là et retourner préparer la réunion de campagne. Le fait qu'aux précédentes municipales, son directeur de campagne l'avait été à Marseille le retint. Il avait réussi là-bas et jusqu'alors, Riviere n'avait pas eu à se plaindre : Hervé l'avait aidé efficacement à encadrer les volontaires et à recruter le personnel. Ils avaient monté ensemble un plan audacieux, partant à l'assaut de territoires inexplorés ; l'idée que la sécurité puisse être un terrain de gauche venait de lui, par exemple. Là, cependant, il s'octroyait des libertés que l'homme d'affaires tolérait difficilement. Son sourire étiré par la pigmentation d'une moustache discrète se voulait encourageant ; comme André, Hervé portait une solide tignasse blanche qui lui donnait des airs de bon père de famille. Et, il poursuivait le bougre :

— Vous avez été résistant... Racontez-moi.

D'ordinaire, Riviere parvenait à éviter le sujet. Il aurait dû rester sur ses gardes. Son égarement provenait probablement de cette situation inhabituelle : les places, il les traversait normalement. Il ne se prélassait pas sur les bancs, lui ! Derrière eux, l'école, massive, restait silencieuse en ce mercredi après-midi. L'espace était délimité par de pâles immeubles à trois étages, les arbres nus ne parvenaient pas à lui donner vie.

— Nous ne parlerons pas de cette période-là de ma vie, éluda-t-il, elle ne présente aucun intérêt.

— Bien. Simplement, André, j'ai besoin de tout savoir pour vous défendre efficacement. Dites m'en quelques mots, de votre guerre : je vous garantis le sceau du secret. Il faut que je me prépare à toute attaque sur votre passé.

— Il n'y aura pas de questions là-dessus, trancha-t-il.

Lycéen sanguin, il avait vu dans la Résistance l'occasion d'épancher son tempérament impétueux et s'y était engagé avec une agressivité nouvelle avec l'unité qu'il avait prise en charge. Le point culminant de son action fut... une exécution. Cet acte étancha net sa soif de pouvoir, du moins pour un temps. Mais, comme il était impossible de le faire reconnaître comme un acte de résistant, il avait dû effacer cette période de sa vie, à tout prix, pour pouvoir progresser dans une société d'après-guerre devenue de plus en plus pacifiste. Lorsqu'il avait engagé ses études, il avait coupé tous les ponts avec la Résistance, refusant même le soutien psychologique qu'on lui avait proposé, et les honneurs.

Devant sa crispation, Hervé eut un de ses airs empreint de bienveillance qui déconcertait Riviere : il n'insista pas. Ils évoquèrent alors ses études supérieures et son ascension professionnelle. Hervé le ramena à son enfance, ils en gardèrent l'image du père : Hector, capitaine d'industrie, qui avait un temps brigué le poste qu'il obtiendrait, en mémoire de lui. Ils convoquèrent aussi sa famille, croix-roussienne depuis des générations. Le directeur de campagne lui fit remarquer que sa biographie était pauvre en éléments féminins. Riviere lui avait seulement parlé de sa mère ; il évoqua sa fille, Corinne.

— Cela dit, pour moi, ce sont les hommes qui représentent et qui décident. Je pense que l'image paternaliste tant récriée est rassurante, et que notre campagne peut s'appuyer avec confiance sur la force du genre masculin.

Hervé ouvrit grand la bouche et se réfréna. Il le regarda avec ironie, l'air de dire : « Il y a du pain sur la planche ». Il se contenta de rétorquer :

— Vous vous fermez des espaces de progression et d'action, comme lorsque vous vous privez de vos compagnons de Résistance. Nous en reparlerons, nous ne devons rien négliger pour que vous puissiez toucher l'ensemble des Croix-Roussiens.

Riviere ne releva pas et annonça qu'il rentrait préparer leur réunion hebdomadaire au quartier général ; il refermait les pans de sa vie obscure. La Résistance, il évitait même d'y penser.

***

Nathanaël était sur son petit nuage. Après la réunion, le directeur de Cabinet l'avait invité à prendre un verre. Il pensait qu'Hervé lui confierait enfin des missions dignes de lui. Mais, une fois attablé, ce dernier lui fit comprendre qu'une incursion discrète de sa part au quartier général du camp opposé serait la bienvenue : tant qu'il n'était pas encore connu, il pourrait facilement étudier d'éventuelles évolutions dans la composition de l'équipe adverse.

— Je dois m'infiltrer dans l'équipe : c'est ça ?

Il le regardait froidement dans les yeux après avoir reposé brusquement son verre.

— N'exagérons rien, il s'agit juste d'une prise d'information.

Hervé sortit des photos de sa mallette. Il avait tout préparé, songea l'étudiant, dépité.

— Voilà les leaders actuels. Essaie de repérer quels sont les membres satellites ou montants.

Le jeune homme parcourut les clichés du regard – Hervé les lui remit finalement –, ce qu'il prit pour une marque de confiance. Il les empochait quand Riviere les rejoignit.

— Tiens donc : le petit jeunot qui essaie d'apprendre.

Il le nargua, mais sembla content de le voir, Nathanaël se redressa. Cependant, une ombre au tableau se dessina à quelques mètres d'eux : un homme étrange au teint jaune se dirigeait vers eux, les traits fermés. Il s'assit à leur table. Le visage ovale et régulier, les yeux légèrement enfoncés sous des sourcils arqués… L'étudiant jugea qu'il aurait pu se fondre dans le monde policé de l'homme d'affaires, s'il n'avait eu cette origine incertaine et le regard absent. Riviere l'écarta en lui tapotant le bras, bien qu'ils se connussent de longue date : le jeune homme en eut mis sa main à couper.

— Je te verrai plus tard.

L'autre se crispa, baissa la tête, puis s'éloigna doucement. Nathanaël le suivit du regard, il envia les baskets qu'il portait aux pieds malgré la veste et le pantalon bien taillés. Jamais il n'aurait osé un tel assortiment. Il lui donnait un air adolescent. Une certaine force aussi.

De son côté, Riviere s'assombrit et finit par partir lui aussi.

— C'est son adjoint, ou quelque chose comme ça, expliqua Hervé quand ils se trouvèrent seuls. Il est toujours fourré avec lui pour les affaires d'Erigea. Il a du mal à saisir que pour ce projet… eh bien, monsieur Riviere souhaite avancer sans lui.

Nathanaël acquiesça, cependant, il avait bien vu que Riviere n'avait pas éconduit son adjoint de gaîté de cœur.

4. Engrenages

— Mon pauvre Pierre, tu ne comprends décidément rien aux femmes. Si Delphine te dit qu'elle sort au cinéma avec des amies, c'est qu'elle sort au cinéma avec des amies. Les femmes ont besoin d'échanger, de voir ce qui se passe à l'extérieur, de rêvasser en regardant passer un bel Italien.

Arc-bouté sur son téléphone en se tenant la hanche, Céleste Desmoulins poursuivait :

— De là à aguicher un homme… Un homme, c'est une charge pour une femme, mets-toi cela dans la tête, mon fils.

Sa réplique lucide et éclairée reçut l'écho d'un combiné raccroché brutalement ; Céleste regretta immédiatement ses paroles. Elle laissa son regard courir sur le tapis aux motifs floraux et buta sur le mur. Elle maudit alors l'article qu'elle avait trouvé dans une revue chez le médecin : il conseillait aux mères désireuses de renouer des liens avec leur fils de dépasser les tabous et de lui parler (enfin) sans inhibition. Après l'échange téléphonique qu'elle venait d'avoir avec lui, d'une rare franchise certes, elle craignait qu'il ne coupât les ponts.

Pragmatique, elle décida de prendre les devants. Si elle devait affronter seule la charge de sa maison, il lui fallait de l'aide. Quelques mois auparavant, elle avait éconduit une personne qui lui avait proposé de se doter des services d'une étudiante… tout en notant ses coordonnées. Céleste se rendit en se déhanchant dans la pièce qui lui servait de cabinet de travail et retrouva le papier entre les dossiers de son dernier ex-mari. Avant de décrocher le combiné, pour se donner courage, elle énuméra mentalement les tâches qu'elle confierait à la jeune fille : changer les ampoules, rentrer les plantes d'hiver, remonter les confitures qu'elle entreposait à la cave, renouveler la bouteille de gaz. Elle se lança.

— Bonjour, Emma Lelièvre, que puis-je faire pour vous ? demanda une voix polie.

— Bonjour madame, je souhaiterais trouver une étudiante dans le cadre de votre projet *Aide à domicile contre logement*, indiqua-t-elle d'un ton pincé.

Son interlocutrice s'en félicita, l'interrogea sur les conditions de l'accord possible et annonça qu'elle devait consulter ses dossiers. Elle promit de la rappeler sous peu.

En attendant, Céleste traita son courrier. Il ne restait plus que… *la* lettre, cette lettre qu'elle avait laissée sur le bureau sans l'ouvrir, car elle en avait reconnu l'écriture. Madame Lelièvre n'avait toujours pas rappelé. Après quelques hésitations, elle trancha l'enveloppe avec son coupe-papier et les battements de son cœur s'accélérèrent. Une fois arrivée en bas du texte, elle retourna la feuille comme pour en chercher la suite. En réalité, elle était déçue. André ne disait rien de la terrible décision qui les avait amenés à se séparer. *Projets d'envergure, accomplir de grandes choses* : elle le reconnaissait bien là...

Elle allait quitter sa chaise quand la sonnerie du téléphone retentit.

— J'ai une bonne nouvelle : nous sommes en mesure de vous proposer une personne qui pourrait convenir. Elle s'appelle Marie Moge. Est-ce que je peux lui demander de venir vous voir ? demanda-t-elle avec empressement.

Céleste hésita encore. Puis, elle lui dit sur un ton péremptoire :

— C'est d'accord, vous pouvez lui dire de se présenter demain en fin d'après-midi.

Elle mit fin rapidement à l'entretien, la lettre toujours à la main. Elle la rangea dans son enveloppe, comme pour la cacher de nouveau. Ensuite, d'un geste brusque, elle l'amena au-dessus de la corbeille de papiers… avant de la glisser finalement dans son agenda, en songeant qu'elle pourrait enfin revoir Marius.

Troublée, elle se dirigea vers sa chambre. Sur le côté de son armoire, se trouvait un marchepied. Elle le mit en place pour atteindre une certaine boîte à chaussure. Le carton avait jauni, mais il était encore vaillant. Elle s'assit sur son lit et en sortit de petits mots. Elle les relut, un à un. Émue, elle en oublia sa hanche douloureuse. Le dernier proposait un rendez-vous devenu caduque. Ses traits se décomposèrent. Elle se souvint du moment où les miliciens étaient venus chercher Louis, fin mai 1944, juste avant le baccalauréat. Quatre jours plus tôt, les Américains avaient bombardé la gare de Vaise, déclenchant des opérations de représailles. La milice allemande avait retrouvé des armes à l'intérieur de sa chambre d'interne. Marius lui avait raconté plus tard que Louis avait tenu à en prendre la responsabilité.

Louis…

Il s'était levé de son bureau de lycéen. Il avait fait deux pas en avant, puis s'était ravisé. Il s'était retourné vers elle, lui avait pris les mains et lui avait dit :

— Je t'aime.

Elle avait rougi. Puis, les yeux dans les siens, au milieu du silence qui s'était abattu sur la classe abasourdie, elle lui avait répondu qu'elle aussi, elle l'aimait. Elle était loin de penser que ce serait la seule fois qu'elle pourrait le lui dire.

Un encart jauni s'échappa de ses mains. À l'époque, ce bout de journal avait été comme un trophée qu'elle aurait pu exhiber. Aujourd'hui, l'idée même de montrer à quelqu'un cet avis de décès lui aurait fait perdre ses moyens. La mort de cette femme, qui aurait dû être salvatrice, avait tout abîmé finalement. Ce qui à l'époque aurait pu passer pour un acte de bravoure était un acte répréhensible, elle le savait maintenant.

Elle se demanda ce qui avait conduit Riviere à rompre le silence qu'il leur avait imposé.

***

Nathanaël se faufilait dans la mairie avec le sentiment d'être un missionnaire doublé d'un militaire en phase d'approche : il se sentait investi d'un projet, celui de Riviere, celui qui remettrait la Croix-Rousse debout. Dommage, il avait oublié les photos remises par Hervé. Cependant, ce jour-là, il avait décidé qu'il prendrait ses marques auprès des employés. Dédaignant la salle d'attente, il s'engagea dans les escaliers comme s'il était attendu.

— Fichu photocopieuse : encore en panne !

Un homme en jeans, vêtu d'un long manteau noir, se battait avec l'engin récalcitrant. Nathanaël ouvrit le compartiment à papier, débloqua un clapet selon l'instruction dessinée et sortit une feuille en accordéon.

— Vous êtes ?

— Nathanaël.

L'homme rassembla les feuilles.

— Vous avez bien mérité un café.

Il l'entraina au fond d'un couloir.

— Je suis débordé, annonça-t-il en lui tendant un gobelet.

Mais il en fit couler un deuxième quand même.

— La politique absorbe tout notre temps, j'aurais dû le savoir…

Nathanaël essaya de le faire parler de l'équipe, l'autre répondit de façon obscure. Pour le relancer, le jeune homme parla de son envie de participer à la vie de la ville de Lyon. Son interlocuteur gloussa, puis le salua brusquement. Nathanaël avait réussi à en savoir plus sur la géographie du lieu et sur ses occupants, il s'estima satisfait. Il descendit.

— Au revoir, Marie, dit-il en passant.

— Euh, non : moi, c'est Agathe, répondit la standardiste.

— Oh ! Excusez-moi Agathe.

Notant mentalement la précieuse information, il sortit en réfléchissant à son prochain plan d'attaque. Cette fois-ci, il avait agi furtivement, la prochaine fois, il tâcherait d'en apprendre un peu plus sur les membres dirigeants du parti. Malgré l'incongruité de son action, il était persuadé de son bien-fondé, d'autant plus que l'homme en noir avait ravivé sa flamme politicienne. Il se pressa vers sa Clio, il avait abusé de sa pause déjeuner, mais les commerciaux avaient des horaires excentriques : il n'était même pas certain que quelqu'un le remarquât.

Le soir même, il retourna au QG. Bénédicte, la secrétaire, était assise à l'entrée, il sut rapidement qui était présent, et demanda quelques précisions sur l'un des membres de l'équipe. Il commençait à bien connaître tout le monde.

— Bon, je vais aller donner un coup de main à l'équipe, je crains qu'ils ne s'en sortent pas sans moi, glissa-t-il avec un clin d'œil.

Il allait traverser le hall vouté quand il aperçut l'homme au manteau noir. Il fit volte-face et fit mine de s'intéresser au panneau d'affichage en retenant son souffle.

— Tiens donc, comme on se retrouve.

Nathanaël persista dans sa contemplation. Une main se posa sur son épaule.

— T'inquiète pas, c'est de bonne guerre. Je... Tu diras à André que, sur ce coup-là, c'est râpé.

Il s'esclaffa. Il tendit sa main vers Nathanaël qui ne pouvait plus faire autrement que de se retourner.

— Dorcel.

Profitant de son état de surprise, il renchérit :

— Tu sais, tu es un bon, c'est dommage de te rabaisser à ce petit jeu.

Nathanaël était mortifié, il regarda Bénédicte, qui se leva précipitamment.

— Non, non, dommage…

Il haussait le ton. Deux membres de l'équipe les rejoignaient, curieux, Dorcel les prit à partie.

— Vous avez un bon élément, un vrai, il en a dans les tripes, dans la tête, et vous lui donnez une bien mauvaise image de la politique d'entrée de jeu, quel gâchis.

Les portes s'ouvrirent comme dans un Vaudeville.

Riviere s'approchait à son tour :

— Tu ferais mieux de partir.

— André, sois beau joueur…

— Je ne sais pas de quoi tu parles.

— Ton poulain nous a rendu une aimable visite. Il paraissait très intéressé par nos façons de faire.

Riviere jeta un œil en direction d'Hervé qui dansait d'un pied à l'autre en détournant le regard et il tenta de raisonner Dorcel en l'appelant lui aussi par son prénom, comme deux vieilles connaissances qu'ils n'étaient pas.

— André, tu me fais suer, nous savons tous les deux que si tu es là, c'est juste parce que tu es coopté par tes pairs, mais tes manigances, tes méthodes de collabo… siffla alors son concurrent.

Riviere fit signe à Hervé de mettre fin à cet entretien, ce dernier obtempéra : il s'érigea devant le maire et lui servit un large sourire.

— Monsieur le maire, je suis désolé, vous ne devriez pas rester là... C'est un malentendu.

Il lui indiquait la porte de sortie.

Son interlocuteur grimaça et commença à reculer. Hervé plaça un pied devant lui, inclina légèrement la tête sur le côté et avança la main vers son épaule. Rémi Dorcel s'écarta encore et se dirigea vers la sortie. Avant de sortir, il se retourna et hurla à qui voulait l'entendre :

— Et pour ce qui est de la collaboration, tu as de qui tenir, hein, André : tel père, tel fils !

Hervé revint vers eux avec un air interrogateur.

— Sujet clos, cet homme est déjà jaloux de notre succès, conclut le chef de file.

Les membres de l'équipe se dispersèrent. Personne

ne reprocha quoi que ce soit à Nathanaël, ce qui accentua son trouble : il se sentit abusé. Il salua tout le monde et se rendit au domicile familial. Il y trouva ses vieilles baskets et adressa un signe gêné à son père. Il s'engagea dans un sprint effréné en direction d'un parc où il avait ses habitudes. Loin de l'apaiser, cette course accentuait la confusion de ses pensées. Il songea aux principes de son père. Souvent ce dernier faisait preuve d'une rigidité excessive, mais là, peut-être avait-il raison. Peut-être devrait-il tout arrêter. *Est-ce que cet homme d'une éloquence rare a réellement un projet pour la Croix-Rousse ou manigance-t-il afin d'obtenir le titre de maire ?*

5. Relations combinatoires

Marie avait accepté la proposition de madame Lelièvre avec un enthousiasme mitigé. Cette dernière avait insisté sur le fait que la dame, âgée de 67 ans, œuvrait pour le Rotary et qu'il faudrait qu'elle se montrât à la hauteur. « Comment vous habillerez-vous ? avait-elle demandé. » Il avait fallu que Marie consentît à porter une jupe. La jeune fille chercha, de mauvaise grâce, l'adresse de Céleste Desmoulins sur un plan avant de consulter celui des Transports en Commun de Lyon. Elle prépara le trajet minutieusement, en estimant les durées sur les lignes dont elle n'avait pas la fiche horaire, puis elle vérifia sur le 3615 TCL du minitel. Cette opération lui rendit sa bonne humeur : elle aimait planifier.

La maison de la vieille dame était située dans une enclave entre un parc et des immeubles modernes, et se distinguait nettement du style résidentiel populaire de l'ouest de la Croix-Rousse. La grille en fer forgé donnait des signes de fatigue, mais avait encore le charme des propriétés d'antan. Elle ouvrait sur une allée recouverte de feuilles qui craquaient sous les pas. La jeune fille admira un chêne majestueux qui accueillait le visiteur du haut de ses nombreuses années. Qu'allait-elle trouver dans cette demeure : *une aristocrate avec une longue jupe dépoussiérant les dalles froides d'un corridor ou une vieille recroquevillée à l'intérieur de la seule pièce habitée, avec, dans le fond, une télévision éternellement allumée ?* Elle actionna un heurtoir en forme de tête de lion, avant d'apercevoir sur le côté un bouton de sonnette. Comme personne ne venait, elle sonna.

— Bonjour, je suis Marie Moge. Emma Lelièvre… commença-t-elle, lorsque sa future logeuse lui ouvrit.

— Oui, oui, entrez, coupa cette dernière avec un geste d'impatience.

Quand Marie pénétra à l'intérieur, elle resta un moment sans voix : il lui sembla certes qu'elle entrait à l'intérieur d'une page d'histoire tant les objets disposés ici étaient usés par le temps : le hall d'entrée, pièce octogonale, était recouvert de tentures, le sol en pierres nues et inégales donnait un air de château médiéval. Mais, elle était séduite aussi par le raffinement de ces antiquités. Devant elle, un large fauteuil de bois placé dans un renfoncement était si finement travaillé qu'il paraissait sorti d'un musée. À sa gauche, se trouvait un secrétaire dont la patine, sombre et irrégulière, témoignait de son grand âge. Cependant, sa façon était tant brute que soignée.

Céleste Desmoulins l'entraîna à travers un couloir ; elles foulèrent un tapis, épais, dont les motifs complexes répétaient des formes géométriques et végétales. Elles montèrent un escalier où le bois grinçait à chaque pas. *Pourvu qu'elle soit un peu sourde*, pensa Marie, qui n'avait aucune envie que sa logeuse puisse épier ses mouvements. En haut, cette dernière poussa une lourde porte :

— Voilà ce qui pourrait être votre chambre, commenta-t-elle, prudente.

Elle lui en désignait une pièce exiguë. Celle-ci comportait cependant une chaise, une table et une armoire en plus du lit. Marie caressa la chaise puis les moulures du meuble pour en sentir les formes. Elle songea au mobilier de ses parents, rutilant car renouvelé à chaque nouvelle installation, mais manquant cruellement de la patine du temps qui passe. Par la fenêtre, elle apercevait le chêne dont les dernières feuilles, délicates et colorées, captaient la lumière rougeoyante de l'automne. Elle se retourna, le sourire aux lèvres.

— Pas si vite, mademoiselle, intervint la vieille dame. Pour que j'accepte de vous loger gratuitement, il va falloir d'abord que nous nous entendions et que vous vous acquittiez correctement des services prévus dans le contrat.

Marie se rembrunit ; elle s'était persuadée que Céleste Desmoulins n'attendait qu'elle. Les deux femmes redescendirent et s'installèrent dans un salon. Assise au bord d'un fauteuil afin que sa jupe ne remontât pas trop haut, Marie écouta son hôtesse lui parler de sa demeure avec passion. Cette dernière en avait hérité, elle y avait vécu deux mariages et deux divorces inéluctables.

— Au départ, il n'y avait qu'une bâtisse octogonale servant de lieu de rencontre aux promeneurs. Mes ancêtres ont pu racheter cette construction originale avec un peu de terrain. Mon premier mari et moi, nous y avons accolé un autre bâtiment, mais en en gardant l'esprit. Cette maison est agréable à vivre. Néanmoins, je dois reconnaître que j'ai maintenant besoin d'aide pour y habiter ; il est donc possible que nous trouvions toutes les deux notre compte dans cette affaire.

L'étudiante se détendit. Son interlocutrice avait l'apparence d'une vieille dame : elle portait des jupes sombres sur des corsages à peine colorés et remontait ses cheveux blancs en chignon ; mais elle avait un aplomb qui lui plaisait.

Alors qu'elle s'éloignait afin de lui préparer une

tasse de thé, Marie songea cependant aux engagements peu reluisants qu'elle avait pris auprès de l'association. Développer un argumentaire, trouver les mots qu'il fallait, ce n'était pas son fort. Elle sut que ses malheureux plaidoyers pour déloger cette femme de tête de ce lieu unique se heurteraient à une résistance farouche. Quand la vieille dame revint avec un plateau d'argent chargé d'un service en porcelaine, elle faillit inventer un prétexte pour s'enfuir ; mais Céleste lui servait déjà un thé brûlant dans une tasse à l'équilibre précaire : elle reposait à moitié sur un petit gâteau placé d'autorité sur la soucoupe, Marie rattrapa le tout afin d'éviter que ne se produise un fâcheux incident. Troublée, elle demanda à se laver les mains. En se rasseyant, elle remit son dilemme à plus tard et laissa Céleste Desmoulins exprimer sa vision des choses. Le corps rigide, les mains serrées sur ses genoux, celle-ci haussa le ton.

— Je voudrais être claire : le règlement spécifie que si vous ne respectez pas les règles de notre contrat, je pourrais à tout moment vous mettre à la porte. Et sachez que je ne tolérerai aucune intrusion importune. Seules des personnes bien élevées sont autorisées à franchir le seuil de ma maison.

Comme Marie ne répondait pas, Céleste s'arrêta :

— Mais parlez-moi un peu de vous, lui demanda-t-elle, radoucie.

C'est là que cela se gâtait : Marie avait préparé deux trois phrases passe-partout ; elle sentit que ses formules ne seraient pas à la hauteur. Alors, elle joua le tout pour le tout et lui parla avec passion de ses nombres, de ses théorèmes et de ses vecteurs. Les mots sortaient tout seul et son corps secoué de grands gestes devint expressif.

— ... Au lycée, la prof de math nous a parlé d'un nombre dont le carré était égal à -1. Ce jour-là, on est entré dans un nouveau monde. Depuis, c'est toujours comme cela. Je passe d'un univers à l'autre. Oui, c'est ça : les maths, ce sont des univers, qui nous entraînent vers des solutions inattendues.

Céleste hocha la tête et la regarda intensément. Marie sourit timidement, fière de ses tirades et embarrassée à la fois de s'être soudain confiée avec ferveur. Cependant, en se relevant, elle sentit qu'elle pourrait trouver sa place ici.

***

L'aéroport grouillait, Hertzan aimait cette foule assourdissante. Il était fier de se trouver du côté des hommes d'affaires, dont les pas vigoureux et désinvoltes claquaient sur les sols uniformes et qui couvraient d'un regard blasé les voyageurs saisissant une chance rare avec anxiété. Un immense panneau trônait dans le couloir de la zone franche. Les lettres de *Dior*, à peine travaillées, se détachaient sur un fond noir. Le regard de Hertzan s'attarda sur l'image d'une femme blonde, assise, la bouche entr'ouverte, dont la décence se limitait à une veste de costume bleue posée sur ses épaules, et qui offrait une fausse innocence aux passants.

Riviere choisit un restaurant japonais au centre de l'animation aéroportuaire. Une simple vitre – tellement limpide qu'un client distrait aurait pu s'y cogner – le séparait du couloir.

À peine assis, Hertzan leva la main :

— Hep, un coca, demanda-t-il.

Son patron laissa tomber sa main derrière le dossier en s'avachissant. Il lui donnait un profil de trois-quarts avec un sourire en demi-teinte. Hertzan lui jeta un œil interrogateur et poursuivit l'interpellation du serveur récalcitrant. À côté d'eux défilaient des sushis. Hertzan se servit sans se soucier de l'addition qui deviendrait salée ; il le savait et y prenait plaisir. De toute façon, avait-il besoin de se justifier ? La comptabilité ne lui avait pour ainsi dire jamais demandé de comptes.

Hertzan venait d'attraper une assiette de makis enrobés de noirs quand il entendit son patron glousser :

— Tu te souviens du dossier Giraud ?

Hertzan hocha la tête et laissa le monologue s'enclencher. L'homme d'affaires admit sans vergogne qu'il tirerait profit d'un complot bien orchestré. Toujours silencieux, Hertzan laissa son patron déverser ses tractations sans s'émouvoir. Il ne réagissait pas ; il était habilité à entendre les détails de ses projets les moins avouables, c'était déjà beaucoup. Il aurait été capable de l'écouter des heures durant sans perdre patience.

Il était question d'une mise en relation fructueuse sur le site internet que Riviere avait créé sur le *World Wide Web*.

— J'ai déniché un retraité ex-responsable des ressources humaines. Franchement, il passait le plus clair de son temps à chanter dans une chorale. Quel gâchis ! Il venait pourtant de Biomérieux[1].

Hertzan comprit qu'un jeune directeur (*jeune comment ? Comme lui ?*) devait être évincé. Le moyen serait une accusation : rétention d'information. Hertzan se demanda en quoi cela pouvait être si grave. À côté de lui, des rires ricochaient contre l'immense baie, deux hommes d'affaires s'étaient installés contre la vitre. Il s'étonnait encore de cette légèreté qui flottait dans ce monde si sérieux en apparence.

Riviere conclut, presque lyrique :

— … Nous, les vieux, nous *savons*, et le monde meurt de ne plus nous écouter. Nous n'avons donc pas d'autre possibilité que d'imposer nos idées. Les jeunes ne peuvent pas les comprendre parce qu'ils n'ont pas vécu !

Avec vingt ans de moins que lui, Hertzan ne faisait pas partie de la génération respectable à défendre. Dans le fond, peu importaient les idéaux, il s'agissait simplement de préserver au mieux les intérêts de son patron… Un silence inhabituel l'alerta, Hertzan ramena son regard sur son interlocuteur. Riviere détourna les yeux, il posa sa main sur son genou et se racla la gorge.

— Jean, il faut que je te parle de quelque chose. Je voudrais te remercier.

Hertzan le regarda avec effarement, Riviere poursuivit. La marque de son front marquait une

---

[1] En tant qu'homme d'affaires lyonnais averti, Riviere aurait été capable de tracer l'histoire de cette entreprise familiale lyonnaise, issue de l'Institut Mérieux, fondé par un élève de Pasteur.

préoccupation.

— Personne, je dis bien personne, ne m'a jamais été aussi fidèle que toi. Je voudrais que tu saches que j'écris un testament chez le notaire et que tu en auras une part. Pas une fortune. Mais, tu auras ta part.

Il s'expliqua :

— Je te dis cela parce que je voudrais que tu comprennes : la campagne, il va falloir que je m'y consacre totalement ; même mon site, je vais devoir le laisser de côté, indiqua-t-il en tambourinant la table de son doigt, comme s'il s'agissait de quelque chose d'impensable.

Hertzan fronça les sourcils, Riviere ajouta en se frottant l'oreille :

— Bref, voilà : dans les prochains temps, on se verra moins. La campagne, tu comprends, c'est une affaire d'image. Ta présence ne cadre pas… Il ne faut pas que tu t'inquiètes, tout rentrera dans l'ordre après. Et je compte sur toi pour avoir un œil vigilant sur Erigea ; il faut bien qu'il y ait quelqu'un qui surveille.

Orbite de sa planète affairée, Hertzan s'y était attaché plus que de raison. Il eut envie de récriminer, mais il sentit un poids lui glacer tous ses muscles. Pour toute réponse, il se leva finalement pour payer les consommations et demander deux factures du total.

En revenant, il contempla un moment le plateau roulant, il regarda les mets qui continuaient de tourner sous leurs yeux rassasiés. Sa vie ressemblait à cela : une valse d'événements affriolants qui lui échappaient, mais dont il prenait les miettes avec avidité. Jusqu'à ce jour, il s'en était contenté.

6. Débuts de campagne

Depuis l'esclandre provoqué par Dorcel, André Riviere était en mauvaise posture. Il n'avait pas voulu croire Hervé quand il lui avait dit en cette soirée funeste : « C'est une catastrophe, André, une catastrophe. » Il payerait cher ce manque de confiance.

Le navire de guerre mené par le capitaine d'industrie venait de faire une embardée et lui n'avait même pas vu l'écueil, le cap vers la mairie devenait difficile à tenir, sans qu'il s'en fût rendu compte.

Le premier échec fut une tribune quasi spontanée – enfin : organisée par Hervé en un jour d'affluence sur la place de la Croix-Rousse –, à deux pas du QG. Le week-end battait son plein, Riviere n'eut aucun mal à attirer les curiosités sous une banderole encore relativement neutre, qui indiquait cependant qu'il avait quelques desseins politiques.

Il exposait les difficultés des seniors à obtenir une assistance adéquate dans le quartier lorsqu'une voix s'éleva :

— Moi, monsieur, je ne veux pas de l'aide d'un fils de collabo.

Riviere tenta d'esquiver avec son flegme habituel, puis de temporiser. Rien n'y fit. Les badauds se regardèrent, gênés, la plupart s'éloignèrent. Cette fois-ci, Riviere ne termina pas son allocution sous les applaudissements. Il dut se contenter d'une sorte de conciliabule avec ceux qui étaient restés, ils se comptaient sur les doigts d'une main. Riviere resta de marbre, il prit congé de ses adeptes, comme s'il s'agissait d'une foule nombreuse, et ferma consciencieusement ses dossiers avant de s'éloigner.

De retour au QG, il remarqua à peine le petit groupe de militants qui s'était formé dans le hall. Quand il sortit, les inquiétudes se figèrent un temps, il salua tout le monde, on lui répondit d'une voix mal assurée.

— Allons, cela va bien se passer, assura-t-il.

Son équipe le regarda partir avec étonnement : comment pouvait-il être aussi aveugle ? Il tint la porte ouverte un moment, juste assez pour entendre Nathanaël qui annonçait qu'il se rendait dans son école pour recruter une équipe lui permettant de créer un évènement capital pour leur campagne. Il entendit des murmures moqueurs, lui-même s'esclaffa. À aucun moment, Riviere n'envisageait de laisser la mainmise sur un tel évènement à celui qu'il considérait comme un jeune fou. En temps venu, il travaillerait avec une équipe restreinte à placer ses plus jeunes militants au sein de la foule du meeting pour en garantir le succès. Bénédicte, qui arriva simultanément, rapporta plus tard que Riviere était parti en sifflotant. Pourtant, son équipe avait signalé dans la journée d'autres incidents du même type liés sans conteste aux divulgations de Dorcel.

***

Nathanaël avançait dans les rues craquelées de la technopole d'Écully ; le paysage circulait à grandes enjambées. Comme d'autres acteurs du tissu économique lyonnais (dont Erigea), son école : l'ESCL était avide d'espace ; elle était nichée au cœur d'une

54

campagne périurbaine faussement bucolique.

Tout en marchant, il réfléchissait à la Ligue, ce réseau qui chapeautait les anciens du Club de tennis et qui avait probablement d'autres ramifications dans le 4ᵉ arrondissement. Il était impatient de pouvoir présenter cette nouvelle cible au directeur de campagne… encore fallait-il parvenir à établir un contact ! Malgré ses relances, Reynaud s'était fermé comme une huître. Quant au site sur l'Internet, il fallait montrer patte blanche, en déclinant ce que l'on attendait d'elle, et surtout quelles compétences on pouvait y apporter. Nathanaël y avait imaginé un personnage ressemblant à cette société secrète : il s'était inventé une belle carrière de banquier. Il s'était ajouté une arthrose peu handicapante, maladie (bien connue) pour laquelle il aimerait des retours d'expérience ; il était veuf, aisé, et souhaiterait être membre de la Ligue pour se sentir moins seul. En échange, il proposait ses conseils en matière de prêts. Si on le questionnait sur le sujet, il saurait broder : il avait effectué un stage au siège de la Lyonnaise de Banque. Et puis, il y avait ce dossier de prêt qu'il avait monté avec son père afin de payer ses études. Le hic était que le mystérieux ordonnateur ne lui avait pas encore fourni les identifiants nécessaires pour passer aux étapes suivantes. Son accès était toujours limité à l'énigmatique encart de la page d'entrée. Peut-être parce que dans la case « référents », il avait, sur un coup de tête, indiqué au hasard l'un des noms des joueurs de tennis.

Nathanaël apercevait le toit végétalisé de son école et pesta contre les tendances écologistes de son temps : ses nouvelles chaussures en cuir étaient maculées de boue et les feuilles mortes s'y agrippaient avec un malin plaisir. Il comptait y recruter des étudiants de la Junior Entreprise[1] pour faire campagne auprès des jeunes, campagne qui aboutirait à l'évènement dont Riviere lui avait confié l'organisation.

Ce jour-là, un lundi en fin de matinée, il avait prétexté un rendez-vous urgent à l'ESCL pour quitter Erigea où il effectuait son stage obligatoire. Le jeune homme pouvait relier les deux en moins d'une demi-heure. Il se remémora les points clés de l'annonce à laquelle avaient répondu ses candidats. Ses sourcils se froissèrent, sa bouche se resserra : Il exigerait des résultats ! Il y allait de la réussite de ses débuts en tant que conseiller… voire adjoint municipal[2].

En pénétrant dans le bâtiment, il sentit le poids des blocs de béton qui constituaient le plafond ; il devenait un étranger au sein de l'impressionnante fourmilière d'élèves, écosystème dont il avait pourtant été l'un des membres assidus. Il mesura à quel point sa vie avait changé. Cependant, quelqu'un l'interpellait déjà : Dimitri. Nathanaël avait fait sa connaissance au bizutage de l'école, trois ans auparavant. Alors que la fête battait son plein, il était resté auprès lui, alors qu'il s'écartait le temps d'une crise d'asthme ; personne n'en avait jamais rien su. Ils avaient ensuite sympathisé au fil

---

[1] JE : association interne à des écoles post-bac proposant les services (rémunérés) de leurs étudiants.

[2] Échelon qui permet de toucher une indemnité ; les conseillers d'arrondissement pouvant cependant depuis 1995 recevoir des péréquations, redistributions non encadrées par la loi, établies à la discrétion des élus percevant une indemnité.

de quelques parties de snooker. Cependant, malgré leur amitié de longue date, Nathanaël le salua avec un enthousiasme mitigé. Récemment, il avait appris que Valérie, une fille qu'il avait fréquentée assidûment, l'avait choisi, lui. Ils se dirigèrent tous les deux vers le centre du bâtiment. Nathanaël le détailla discrètement. Dimitri était sec et élancé, tandis que lui-même était corpulent et sportif. Le menton large et volontaire, lumineux, Nathanaël avait des yeux noirs et pétillants sous un front dégagé. Son ami portait des cheveux en bataille sur un visage aux traits fins qui témoignaient de ses hésitations, alors que Nathanaël était sûr de lui. *Vraiment, Valérie aurait dû succomber à son propre charme.* Il chassa cette pensée.

Ils atteignirent un patio qui apportait de la lumière naturelle à l'édifice, en échangeant sur leurs stages respectifs. Dimitri découvrait l'univers feutré d'un cabinet d'expertise comptable, il dessinait quelques pistes d'un avenir enviable ; Nathanaël donna de son côté des arguments fades pour embellir son expérience dans le service commercial de Erigea, qui ne convainquirent ni lui ni son ami. Alors, il le félicita sincèrement, puis, de but en blanc, il parla de sa participation à une campagne municipale. Son ami le saisit par le bras :

— Non… Tu lances une campagne municipale ?

Le jeune homme sourit de sa confiance excessive.

— Oui, enfin pas moi directement, répondit-il, un sourire en coin.

— Tu fais partie d'une équipe ?

— Oui, je vais intégrer la liste de Riviere, dans le 4ème. Tu connais ? demanda Nathanaël avec optimisme.

— Non, mais raconte-moi. Tu es commis d'office à la distribution des tracts, ou bien ?

— C'est un peu tôt pour distribuer des tracts, coupa Nathanaël, vexé.

Il ironisa :

— Au cas où tu ne serais pas au courant, très cher, les élections ont lieu en juin prochain. Et pour répondre à ta question, je compte bien devenir un membre actif. Tu vas voir, bientôt, ils ne pourront plus se passer de moi, prédit-il en souriant.

Cependant, il enrageait de ne pas pouvoir donner plus d'éléments matériels sur sa réussite future. Il savait combien pesait 'stage en cabinet d'expertise comptable' sur le curriculum vitae d'un étudiant de son école. Lui n'avait pas grand-chose à montrer.

Dimitri faisait amende honorable :

— Désolé, je ne m'y connais pas en politique. Je n'ai même pas pris le temps de m'occuper de ma carte électorale.

— Comment ça ? sursauta Nathanaël, en songeant que Valérie ne pouvait pas rester avec un type si peu engagé. Il ajouta :

— Bon, je t'offre un café.

Le ton était tranchant, il ne lui laissait pas la possibilité de se dérober. Il se mit à lui décrire la nécessité de la politique : elle était au centre de la vie, au cœur des préoccupations de tout un chacun. Il lui raconta les réunions du Parti Socialiste, puis le Café politique de la Croix-Rousse où il avait assisté pour la première fois à une intervention de Riviere.

Il conclut impitoyablement.

— Les gens comme toi qui ne prennent pas leur responsabilité politique, ce sont eux qui gangrènent le système en fait.

Son ami eut un sourire ironique, Nathanaël refusa de

rentrer dans son jeu.

— Non, mais je suis sérieux là, dépêche-toi de réclamer ta carte électorale.

S'il avait suivi l'argumentaire type donné par Hervé, il aurait évoqué le fait que « voter, c'est un droit acquis durement ». Il était censé donner un historique de ce combat, en particulier s'il avait affaire à une femme. Nathanaël n'aimait pas l'Histoire, il aimait l'avenir, et avait décidé de procéder à sa façon.

Dimitri le regarda fixement. Il consulta sa montre, hésita, puis conclut :

— Ok, touché, il va falloir que j'y aille, mais je m'en occuperai, promis.

Nathanaël laissa son ami partir avec satisfaction : Dimitri voterait. Il se rendit à la JE avec le pas… d'un conquérant.

***

À 14 h 50, comme chaque mardi, Hertzan venait de quitter son bureau pour retourner chez lui. L'homme de l'ombre était maintenant à l'intérieur de son salon, devant sa longue-vue. Avant de s'en servir, il l'astiqua en se remémorant le jour où Riviere la lui avait offerte. Il usait de son équipement comme un enfant qui aurait reçu un cadeau pour Noël. Il ferma un léger voile occultant, simple précaution : il avait su que le fait de s'immiscer clandestinement dans l'intimité d'une personne était punissable, qu'une accusation d'atteinte à la vie privée pouvait le conduire au tribunal.

Comme Nicole arrivait, il posa son mug sur le socle. Tous les mardis et jeudis, elle rentrait épuisée d'une garde de nuit à l'hôpital. Inutile de régler, la lunette était restée à poste, prête à saisir un instant de grâce. Il ne perdit pas une seconde du spectacle qui s'offrait à lui. Elle se déshabillait lentement. Sa peau était blanche ; ses seins autrefois ronds – du moins il l'imaginait – pendaient aujourd'hui. Les cuisses, trop grasses, étaient disproportionnées par rapport au buste ; quelques plis se formaient sur le ventre. Mais la magie de cette nudité le ravissait.

Soudain, quelque chose d'inattendu se produisit. Nicole, toujours nue, prit sa tête entre les mains. Quand elle la releva, des marques rouges et des soubresauts répétés révélaient qu'elle pleurait. Hertzan détourna les yeux. Il regarda de nouveau pour vérifier. Et, quitta la longue-vue. Les larmes n'étaient pour lui que l'expression d'une méprisable faiblesse. Il se sentait en colère. *Que faire d'une pleurnicheuse ?*

Avant de retourner chez Erigea, il but une bière devant une série télévisée, par à-coups. *Quelle ingrate !* Il avait prévu tout un plan qui lui aurait permis de la rencontrer. Nul doute qu'elle se serait laissé impressionner par sa BX sport équipée d'un Radiocom, un téléphone portable… le nec plus ultra s'il en jugeait par son coût prohibitif. D'un air supérieur, il lui aurait expliqué qu'aux États-Unis, les hommes d'affaires possédaient des téléphones de voiture depuis la fin des années 70. Il l'aurait conduite avec précision, vite : d'un sang-froid à toute épreuve, il savait manier son véhicule jusqu'aux limites de la dangerosité. Elle aurait fini par l'accepter.

Les tribulations du héros de la série télévisée ne parvenaient pas à lui faire oublier sa déception. Hertzan se leva et partit en laissant derrière lui un désordre invraisemblable. Personne ne viendrait lui en faire la remarque. D'ailleurs, personne ne viendrait ici : son installation ne devait, en aucun cas, être montrée. À qui que ce soit. Il ne s'en plaignait pas, même si parfois, il regrettait que ses activités obscures l'aient amené à se retrancher à ce point dans un univers au service d'un seul homme. Quand, à 36 ans, il était retourné à la Croix-Rousse et que Riviere l'avait pris sous son aile, il avait pensé que ce serait l'occasion de repartir à zéro. Ce en quoi, il n'avait pas tort : c'était bien le néant, le vide qu'il avait installé chez lui, résolument, en effaçant son passé.

En conduisant, il se remémora le désarroi – voire la panique – de cet homme dont il avait démasqué la liaison, alors que les photos qu'il possédait montraient la joie sur ses traits fatigués, à chaque rencontre avec sa maîtresse. *Avoir une femme chez soi, cela doit être très important.*

En retournant à Erigea, il se demanda comment il allait supporter les absences de Riviere. Une chose le rassurait : il savait que son patron prenait des risques, il sentait chez lui ce mélange d'excitation et de vigilance qui indiquait une avancée en terre hostile et inconnue. Certes, il n'était plus invité à prendre sa part de mauvais coups : c'était un peu comme si un acteur décidait un beau jour de se passer de son cascadeur et de faire ses cascades lui-même, mais bientôt il aurait de nouveau besoin de lui. Il devait se tenir prêt.

Hertzan songea qu'il devrait peut-être le protéger malgré lui. Sa place était à ses côtés, personne ne pourrait lui ôter cette idée de l'esprit.

Riviere regagnait lui aussi Erigea, après avoir passé une bonne partie de la journée avec ses futurs colistiers. Le débat avait été tendu, car ils savaient que la semaine suivante, il annoncerait les grandes lignes de leur programme au parti socialiste. Cette étape marquerait le début de la campagne officielle. Certains craignaient encore que la volonté de leur chef de file de s'engager sur le thème de la sécurité ne les désolidarisât du parti. D'autres manifestaient maintenant ouvertement leurs inquiétudes par rapport à la crédibilité de Riviere, qui restait muet sur l'accusation de Dorcel.

Henri, le chauffeur attitré de Riviere, gara la voiture juste aux pieds des escaliers de l'entreprise, sur une place interdite. Riviere ouvrit la portière et descendit d'un pas décidé. Henri viendrait le chercher plus tard au même endroit. Il l'y attendait parfois des heures. Il avait proposé une fois de stationner un peu plus loin afin de respecter les règles. Riviere avait refusé, indiquant qu'il était le patron ici.

Comme toujours, il gravit rapidement les marches. Mais arrivé en haut, il dut rester quelques minutes devant la porte en verre. Quelle guigne ! Il était essoufflé comme un jeune premier dans une salle de bourse. La standardiste faisait mine de ne rien voir. Sûrement qu'elle s'empresserait de relater la nouvelle : furieux, il releva la tête à s'en faire craquer les vertèbres et rasa la banque de l'accueil. Il tenta de maîtriser son souffle et salua trois collaborateurs entre deux inspirations saccadées. Les réponses étaient polies, quoique peu empressées ; de l'ascenseur, il aperçut leurs sourires entendus. *Parfait ! Ils pensent tous qu'il devient un vieillard. Ainsi, personne n'imaginera qu'il puisse être le grand ordonnateur d'un puissant réseau !*

En arrivant dans son bureau, il alluma directement l'ordinateur et consulta sa messagerie. Il possédait une adresse de courrier électronique depuis le début des années 90, et constatait avec plaisir que sa boîte mail était de plus en plus active. Un député lui proposait un rendez-vous le lendemain à 10 h 30, il accepta. Il calcula qu'il aurait encore le temps de passer au quartier général, avant de se rendre à Erigea. Il compulsait toujours quotidiennement les parapheurs de son entreprise. De même que pour son site internet, il n'était pas question d'en abandonner les commandes. D'autant plus que son magnifique bureau, nettement plus luxueux et équipé que celui qu'on lui réservait à la mairie, était l'un de ses biens les plus précieux. L'ébéniste qui l'avait aménagé avait dû recommencer trois fois avant qu'il ne se dise satisfait.

Puis, il se connecta sur son réseau. Il repéra quelques traitements à effectuer qui lui prirent toute la fin d'après-midi.

19 h 30 : les bureaux se vidaient. Hertzan vint lui proposer de dîner ; Riviere déclina : il attendait Nathanaël Payin, avec une certaine curiosité malgré tout. Où en était-il dans son opération de séduction auprès de ses pairs ? Pour plus de discrétion vis-à-vis des autres membres de l'équipe de campagne, il avait préféré le recevoir dans son bureau d'Erigea. Désœuvré, Riviere effectua une recherche sur son navigateur. Il ouvrit ensuite sa porte et celle de sa secrétaire, afin de s'offrir une vue en enfilade sur le couloir. Puis, il consulta ses rendez-vous du lendemain. *15h30 au Bistrot de la fac...* Il se demanda si Marius et Céleste le

rejoindraient tous les deux. Les lèvres serrées, il s'arrêta, le doigt posé sur son calepin. Les heures de ses jours étaient noircies de toutes parts, et pourtant le nom de Céleste brillait, d'un éclat interrogateur. Il l'avait croisée quelques années auparavant par erreur à une soirée de bridge, il n'avait pas pu déterminer si l'enthousiasme qu'il lui connaissait jadis avait perduré. Elle en avait gardé une poigne hardie : de cela il en était persuadé ; il y avait cependant une retenue dans ses gestes qu'il n'avait pas su qualifier. Il soupira, il se souvint de la hardiesse de la jeune femme quand, fidèle aux messages de ses tracts, elle s'était vêtue des couleurs de la France devant la mairie, le 14 juillet 1943.

Un message s'annonça, Léon Giraud avait appliqué le conseil qu'on lui avait donné : le directeur de son association était sous le coup d'une procédure de licenciement. En signe de protestation, les employés l'avaient séquestré, leur directeur, pour l'empêcher d'aller à son entretien préalable ; cerise sur le gâteau, ils avaient ameuté la presse. C'était le monde à l'envers : comment ce dirigeant séditieux avait-il réussi à faire croire à ses collaborateurs qu'ils avaient à ce point besoin de lui ? Riviere interrogea fébrilement son réseau pour résoudre l'affaire. Il mettrait un point d'honneur à agir pour que la requête de Giraud aboutît.

Une porte lointaine grinça ; Nathanaël surgissait. Déjà, il était devant lui, il lui serrait la main, s'assit. Il le regarda avec un air entendu et exposa son plan :

— Tout d'abord, action pour identifier les jeunes du 4e. Je suis en train de récupérer, école par école, les listes des adresses des étudiants. Et je ne me cantonnerai pas à Lyon ! Beaucoup de Lyonnais partent pour leurs études. Les Croix-Roussiens n'échappent pas à cette règle. Objectif : envoi au printemps d'un mail générique ou d'un courrier à tous les moins de vingt-cinq ans domiciliés officiellement à Lyon 4, afin de les atteindre là où ils résident vraiment en ce moment.

Nathanaël croisa ses jambes.

— Concernant votre génération, il faut prendre en compte le temps d'émission d'une carte électorale. Pour voter en juin prochain, ceux qui n'en n'ont pas encore doivent déposer leur dossier en décembre au plus tard.

Nathanaël revint sur le devant de l'assise. Il ne se démonta pas :

— Je pensais aux étudiants en école de commerce ou d'ingénieurs, qui ont déjà vingt ans. C'est vrai que certains n'ont pas encore leur carte…

Il renchérit :

— Je préparerai donc un premier envoi pour décembre.

— Soit. Et vous connaissez les « mails génériques » ? demanda Riviere, étonné, tout en notant que, dans une certaine mesure, cette action pourrait être étendue aux autres générations.

Nathanaël indiqua qu'il avait un contact qui saurait adresser ce genre d'e-mail pour couvrir une multitude d'électeurs. Il enchaîna :

— Deuxième action : je considère le meeting d'avril comme un objet marketing, avec une étude approfondie de la cible, détermination d'un logo et d'une charte graphique. Il faut que cela tape à l'œil ! L'un des axes de ma communication sera une soirée étudiante qui suivra l'évènement. Ceux qui auront été présents à la réunion auront d'ailleurs droit à une boisson gratuite.

Il n'attendit pas l'approbation de Riviere et poursuivit avec une nouvelle idée : créer un journal sur l'Internet.

— Un journal ? Vous vous prenez pour un journaliste maintenant ? se moqua Riviere qui l'encouragea cependant à continuer.

Nathanaël s'expliqua. Il avait démarché la Junior Entreprise de son école, une association qui pourrait leur fournir des forces vives pour l'épauler ; l'un des membres de l'association lui avait parlé d'un mouvement de plus en plus en vogue aux USA :

— Son cousin a créé là-bas une sorte de forum comme ceux qui se développent sur le minitel. Il appelle ça les « weblogs ». En fait, c'est entre le site et le forum, d'après ce que j'ai compris. Chaque jour, il dépose un éditorial sur l'Internet. Les gens écrivent leurs critiques directement en ligne. Aux States, cela fait un carton…

Riviere se renfrogna. *Comment ce petit jeune peut-il en savoir plus que lui sur ce qui se passe sur l'internet des États-Unis ?* Il émit quelques sarcasmes pour la forme sur son « pseudo-journal intime », mais, internaute averti, il sentait que cette innovation était dans l'air du temps. Et le milieu politique étant peu au fait des nouveautés technologiques, il s'agissait de les exploiter avant les autres.

— Je peux débuter avec un article sur les attentes des adhérents du Club de tennis. Je sais quels sont les arguments qui peuvent les toucher, continua Nathanaël.

Décidément, rien ne l'arrêtait ! *Attention. C'est un battant, inutile de lui passer de la pommade.* D'ailleurs, prenait-il un risque en l'incorporant dans son équipe ? Il le jaugea et décida que pour le moment, il avait intérêt à le garder.

— D'accord, je vais vous laisser vous amuser un peu. Certains me diraient que je suis fou de m'encombrer d'un militant si jeune. Mais enfin… Nous soumettrons vos projets à Hervé. Néanmoins, il va falloir que vous me prouviez votre sérieux. Nous n'en sommes qu'à la pré-campagne. La véritable campagne, ce sera autre chose. Vous nous consacrerez tout votre temps libre, vous n'aurez plus d'intimité : même les petits déjeuners seront des événements publics. Vous en sentez-vous capable ?

Riviere le regarda avec malice. Nathanaël ne semblait pas impressionné, un peu froid cependant peut-être ; il répondit par l'affirmative et se leva. Riviere l'arrêta d'un geste pour fixer un autre rendez-vous.

Le lendemain, quand Hervé débarqua dans son bureau de campagne, indiquant qu'ils risquaient de décrocher et que la pente était de plus en plus glissante, Riviere se fit rassurant. Mystérieux, il lui annonça qu'il avait un autre atout dans la poche.

Hervé resta interdit :

— Vous savez que Dorcel a distillé les… accusations contre votre père, sur tout le plateau.

— Laissez-les parler…

Puis, il ajouta :

— Nous allons simplement changer de tactique. À partir d'aujourd'hui, vous cesserez de parler de moi comme « le petit gars de la Croix-Rousse », vous me présenterez dorénavant comme un capitaine d'industrie.

Hervé le regardait, interloqué. Le meneur renchérit :

— Vous verrez, ils oublieront vite.

André se trompait, il s'en apercevrait plus tard.

7. Rendez-vous au bistrot

En sortant du QG de campagne, André Riviere donna à Henri une adresse en dehors de ses quartiers de prédilection. À l'intérieur de la voiture, il se mit à pianoter nerveusement sur ses jambes. Il se remémora ses entrevues du jour, notamment celle avec le député : plusieurs interventions qui confortaient ses chances. Cependant, des nuages bas semblaient exercer un poids sur l'envolée de son projet. Il fallait qu'il trouve moyen de se libérer de ses entraves.

Une fois arrivé, il indiqua qu'il se rendrait à pied à son prochain rendez-vous.

— Je vous attends ici ? lui demanda son chauffeur.

— Oui.

Riviere s'éloignait déjà.

— Très bien. Ah, et j'oubliais monsieur Riviere…

Henri baissa le ton et sortit du véhicule ; plissés par son air conspirateur, ses yeux paraissaient encore grossis par ses verres ronds.

— Monsieur Hertzan a appelé. Il aurait souhaité vous rejoindre au rendez-vous de 15 h 30 : il craint pour votre sécurité.

La veille, content de son entretien avec Nathanaël, Riviere avait finalement rappelé Hertzan. Il s'était un peu épanché lors de leur repas : il avait évoqué son intention d'acheter le silence de *vieilles connaissances*. Il avait conclu en disant : « C'est juste une formalité, pour être sûr de ne pas être embêté par la suite », il le regrettait maintenant.

— Dites-lui que c'est inutile, répondit-il sèchement.

En se dirigeant vers le bistrot, il réfléchit à une façon de raisonner son homme à tout faire. *Parviendrait-il à lui faire comprendre qu'il n'est pas… politiquement correct ?* Il se remémora leur rencontre : Hertzan sortait à peine d'une prison marseillaise et avait postulé pour un emploi chez Erigea. Riviere lui avait demandé de venir remettre en état le jardin de la villa qu'il s'apprêtait à céder à sa femme dont il divorçait. En le découvrant en train de fouiller dans ses papiers, son premier réflexe avait été de le mettre dehors manu militari. Hertzan s'était laissé faire et était resté planté sur le trottoir. Sans rien dire. Riviere soupçonnait à l'époque son responsable technique de transmettre des dossiers confidentiels à la concurrence ; il cherchait quelqu'un pour le surveiller. Il lui avait alors proposé un marché, une dernière chance, la première pour Hertzan, dans sa vie dévastée. Il l'avait armé de matériel d'écoute hautement sophistiqué et lui avait donné sa première mission. Hertzan s'était ensuite installé graduellement dans l'intimité de l'homme d'affaires. Il avait incarné la compagnie dont celui-ci avait exactement besoin : une présence fidèle mais silencieuse. Quelqu'un qui ne désirait pas être calife à la place du calife.

Riviere accéléra le pas. Une fois lancé, il avait une démarche assurée, en s'appuyant sur ses jambes légèrement arquées. Ses bras effectuaient un cadencement énergique. Il lui semblait que le trottoir se rétrécissait au fur et à mesure qu'il remontait dans ses souvenirs. Il soupira : il lui était pénible d'écarter son adjoint, mais là encore, le principe de précaution prévalait. La marche qu'il s'était imposée commençait à lui paraître longue. Heureusement, il leva la tête et aperçut l'enseigne du bistrot à quelques pâtés de maisons ; il était temps. En arrivant au café, essoufflé, il dédaigna les tables installées à l'extérieur sous le soleil automnal. Il pénétra à l'intérieur, et s'installa au fond. Comme prévu à cette heure-ci, il n'y avait quasi personne. Agité, il commanda un Perrier-citron. Il devait rester maître de la situation.

Une dame passait le pas-de-porte : Céleste arrivait la première. Une épaisse chevelure blanche, savamment permanentée, agrémentait son visage rond et des bijoux de perles et d'or ornaient ses oreilles et son cou. Sa peau, blanchie, ne laissait paraître que des rides éparses ; un sourire étirait ses lèvres fines. Elle s'arrêta, le bras posé sur une chaise en bois intemporelle.

Riviere se leva pour lui baiser la main.

— Bonjour André, comment vas-tu après toutes ces années ?

— Bien, ma chère. Et toi, tu ne fais pas ton âge ! la félicita-t-il.

— Pas de vaines politesses entre nous, André, nous nous connaissons depuis trop longtemps, protesta-t-elle.

Il la retrouvait bien là. Il savait qu'elle avait un aplomb capable de damer cruellement le pion à d'impudents beaux-parleurs.

— Oui, tu as raison, et nous devons être fiers de notre âge.

Marius poussait la porte à son tour :

— Bonjour les amis, ça fait un bail ! Je suis bien content de vous voir.

Il s'avança d'abord vers Céleste, posa la main sur son épaule, les yeux émus, puis il l'embrassa. Il tendit ensuite sa main à André :

— Alors, qu'est-ce que tu nous concoctes, cette fois-ci ?

André nota avec déplaisir qu'il n'était pas rentré dans le rang.

À peine gênés par le demi-siècle qui venait de s'écouler entre eux, ils échangèrent sur leurs parcours respectifs, enfin surtout Céleste et Marius. Profitant d'une remarque désabusée de ce dernier, Riviere les coupa et présenta les arguments qui devaient les amener à sa cause :

— Nous avons permis que la France, assiégée par le spectre d'un totalitarisme ravageur, reparte sur des bases saines. Notre dernière mission sera de nous battre contre le laisser-aller qui menace notre quartier, la Croix-Rousse.

Marius tapotait sur la table ; Riviere changea de tactique.

— Regardez autour de vous : les projets immobiliers fleurissent, la colline accueille tout et n'importe quoi. Il n'y a plus la cohésion qui donnait au village toute sa force. Les jeunes doivent être guidés pour protéger notre patrimoine commun. Et je ne vous cache pas qu'à mon sens, il devient aussi urgent de protéger nos droits à nous, les vieux Croix-Roussiens, qui nous sommes battus pour défendre notre sol.

Céleste restait silencieuse, Riviere s'arrêta de parler. Elle leva la tête, surprise. *C'est bon signe*, pensa-t-il, satisfait : *Elle écoute.* Il poursuivit.

— Si nous voulons que notre belle colline retrouve son charme d'antan, il faut instaurer certaines règles. Voilà pourquoi, en juin 1995, je souhaite prendre en charge la mairie de notre arrondissement, avec votre aide, si vous le voulez bien.

La porte s'ouvrit ; le cadre produisit un bruit sec, différent du grincement qu'il surveillait lorsqu'ils redoutaient une incursion allemande. Marius émergea lui aussi :

— Tu parles bien... On voit que tu as réussi, bravo !

Riviere ne releva pas, il répondit calmement :

— Marius, vos attaches sont ici. Vous connaissez beaucoup de monde. Et je sais que vous savez vous battre pour ce que vous pensez juste. J'ai besoin de vous en tant que militant.

Ce dernier inspira profondément, puis il dit en plissant les yeux :

— J'ai été actif à une époque... Je trouverai bien un ancien avec qui je pourrai recoller les morceaux...

Et soudain, en tournant la tête vers Riviere :

— Je voudrais une place dans ta liste, ajouta-t-il.

Riviere baissa la tête afin de se donner du temps. N'ayant pas recouru aux services d'Hertzan pour se renseigner sur ses anciens amis, il avait dû se contenter de résultats succincts. *Quelle guigne !* Il n'avait pas prévu que l'un ou l'autre eût une expérience en politique. Il bredouilla quelque chose. Il n'avait besoin que de militants, certes actifs, mais avant tout bénévoles et sans visées électorales. Il était temps de passer à la deuxième partie de son intervention. Après avoir vérifié que les deux clients de la salle ne pourraient pas l'entendre, il se composa un air embarrassé :

— En fait... la réussite de tout cela repose aussi sur votre discrétion sur la... décision que nous avons dû prendre. Nous étions des combattants dans un monde que nos contemporains ne peuvent pas se représenter. Nous avons agi selon nos consciences mais aujourd'hui, plus personne ne comprendrait que nous ayons pu agir de cette façon.

Il remit sa veste en place. Céleste avait mal entendu et lui proposa :

— Si tu veux, je dois encore les avoir, nos comptes-rendus de résistants. Cela pourrait servir pour montrer aux jeunes de quoi nous étions capables ?

Riviere se rappela qu'autrefois, Céleste organisait minutieusement leurs interventions. Il accepta, mais laissa ostensiblement planer un silence : il attendait leur engagement de discrétion, notamment celui de Marius. Face à de telles situations, ce dernier faisait preuve d'une légèreté déconcertante. André ne fut pas surpris de l'entendre développer un sujet totalement décalé : il leur raconta subitement – avec une certaine éloquence – les aventures rocambolesques de sa vie en Afrique. Riviere prit le parti d'en rire. Puis, au dernier moment, comme s'il s'agissait d'une peccadille, il joua sa dernière carte. Il proposa, en baissant encore la voix, « une sorte de dédommagement », pour que ses amis s'engagent à ne pas parler.

Céleste leva des yeux bleus incrédules ; elle venait de comprendre. Marius explosa.

— André, tu plaisantes ? Ton argent, enfin, cela n'a rien à voir avec…

Marius jeta un regard vers Céleste. Elle compléta calmement :

— Je ne suis pas à l'aise avec cette décision, tellement lourde à porter. Mais ce qu'a vécu Louis…

Sa voix tremblait et elle serrait ses mains l'une contre l'autre en les croisant. Elle poursuivit :

— Il fallait que justice se fasse. Si vous voulez le savoir, eh bien oui, je regrette. Cependant, ton acte, exécuté dans le cadre d'une décision de résistants, reste le nôtre. Nous ne te trahirons pas.

Marius soupira et acquiesça. Riviere venait de déclencher un mouvement sincère, il en était certain. En moins d'une demi-heure, un climat de confiance s'était instauré, une performance qu'il peinait à obtenir, même entre ses plus proches collaborateurs. Pour un peu, il leur aurait proposé d'être colistiers finalement ; il y eut une hésitation, une virgule dans son élan. *Quelle victoire s'il gagnait avec ses galons de résistant !* Plus flatteur que de profiter de la vague montante de sa notoriété et de son réseau de seniors.

Impossible. Ç'eût été aller à l'encontre de l'ordre établi : ce qui lui avait ouvert les portes du pouvoir devait rester à jamais inavoué. Il chassa son trouble d'un geste de la main et se ressaisit : il salua ses amis chaleureusement et les regarda partir.

Il ne fit pas attention à l'ouvrier de chantier qui se trouvait à deux tables de lui, face au mur. Maître dans le maquillage et autres grimages astucieux, Hertzan n'avait rien perdu de la conversation. Il resta un long moment devant sa bouteille de bière vide. Il se jouait quelque chose d'important et de périlleux avec ces vieux amis. Sa place était auprès de Riviere dans les coups durs. *Comment se fait-il qu'il n'ait pas été convié à cet étrange rendez-vous ?*

Blessé, il aurait pu remettre en cause la tacite reconduction de ses relations avec Riviere. C'était inconcevable : même provoquer une explication était au-dessus de ses forces, ou de ses motivations. Il préférait rester esclave consentant. Il se leva, sortit d'un pas lourd et se dirigea à pied vers une boulangerie, où il acheta un éclair au café. Il le dévora sur un banc, entouré d'une nuée d'enfants, qu'il ne vit même pas, tant il était pris dans le vide de ses pensées.

***

Cinq jours plus tard, Céleste eut la visite de Marius, ce qui ne l'étonna pas outre mesure, bien qu'ils ne se soient plus parlé depuis qu'ils avaient vengé ensemble la mort de Louis.

Lorsqu'elle ouvrit la porte, il balbutia :

— Il faut que je te dise quelque chose.

Une mobylette pétarada derrière lui.

— Je ne suis pas un baroudeur. Je n'ai jamais quitté la Croix-Rousse. Ce que j'ai raconté au bar, c'étaient des mensonges, débita-t-il d'un trait en haussant le ton.

Il s'apprêtait à partir quand elle répondit :

— Je le sais bien. J'ai une amie qui me donne régulièrement des nouvelles de toi et de ton bar.

L'effarement fit place à un sourire radieux. Elle s'effaça pour le laisser entrer :

— J'allais prendre un thé, tu en veux ?

Céleste savait que Marius se sentirait plus à l'aise dans sa cuisine en formica vert citronné : elle était plus fonctionnelle et moins austère que les autres pièces.

— Tu n'aurais pas plutôt une bière ou quelque chose comme ça ?

— De la limonade ?

— Bon, d'accord, de la limonade, concéda Marius.

Une fois assis dans la cuisine, il lui lança :

— Alors comme ça, madame se renseigne sur moi sans jamais donner signe de vie ?

— Marius, voyons... protesta Céleste en faisant bouillir de l'eau dans une casserole déformée.

— Je sais, je sais, convint-il en lâchant un soupir devant la limonade qu'elle lui tendit. Alors, il va falloir que tu me racontes ce qui s'est passé derrière cette grille infranchissable...

Céleste manqua la tasse, un peu de thé se répandit sur le plan de travail.

— Comment toi aussi...

— Oui, bien sûr que je n'ai pas pu m'empêcher de passer par ici. J'ai toujours espéré te rencontrer par hasard, mais il fallait bien le forcer un peu, alors...

Elle attendit que l'eau bouillît et la versa avec application.

— Et maintenant, tu es là, conclut-elle en s'installant.

Elle cacha le sourire qui lui montait aux lèvres, mais laissa son dos reposer sur la chaise. Le thé formait quelques volutes et s'imprégnait de la présence amicale de Marius.

— Oui, et je compte bien en apprendre un peu plus sur toi.

Il décapsula sa bouteille d'un geste volontaire.

— J'ai été mariée, deux fois : des hommes de biens qui ont remplacé mon père dans son bureau.

Elle se reprit :

— Ne te fais pas de fausses idées, je n'ai pas été malheureuse, ni abusée. Je n'ai pas réussi à les aimer, voilà tout. Ou peut-être ce sont eux qui... Bref, ma vie s'est déroulée au sein d'associations caritatives et au rythme d'une vie maritale bien rangée mais peu animée.

Marius lui posa de nombreuses questions, avide, puis la laissa poursuivre.

— J'ai un fils, Pierre, continua-elle. Il resté si longtemps à la maison que j'ai cru qu'il y resterait. Il a convolé il y a deux ans, ajouta-t-elle précipitamment...

Elle s'arrêta, elle n'allait pas ennuyer son ami avec sa difficulté à habiter un amour maternel resté en apesanteur, comme si quelque chose l'empêchait d'aimer vraiment... Elle baissa les yeux et recouvra machinalement le bleu qu'il avait laissé sur son bras quand il l'avait empoignée pour la faire sortir de chez lui, sans que Delphine ne pût rien y faire. Marius la regardait intensément. Cette fois-ci, il ne commenta pas.

Elle se reprit :

— Ma vie familiale est d'une grande banalité, mais ne va pas croire que je suis restée inactive.

Elle lui raconta alors les initiatives qu'elle avait prises avec ses confrères et surtout ses consœurs bienfaisantes. Il rit plusieurs fois tout en la taquinant sur ses histoires de bonnes femmes. Cependant, il n'était pas dupe, elle se sentit comprise. Il l'encouragea à détailler les élans qui l'avaient menée sur bien des fronts.

Elle finit par lui faire remarquer, sur un ton espiègle, que sa limonade était à peine entamée et qu'il l'avait assoiffée à force de la laisser parler. Devant son air contrit, elle explosa d'un rire cristallin en lui promettant qu'une prochaine fois, elle aurait quelques canettes au réfrigérateur.

Il se détendit en prenant quelques gorgées et elle l'entraîna dans leurs souvenirs.

Dans les yeux de son ami, elle retrouva quelque chose de leur jeunesse et de leur bravoure écervelée. Ils évoquèrent leurs réunions dans un sous-sol de la faculté.

— Tu te souviens quand on nous a accordé le droit de s'occuper d'armes et de journaux clandestins ?

— Nous en étions fiers comme Artaban, dit-elle d'un air entendu.

— Oui. Et quand on accueillait des agents de passage dans un atelier d'imprimerie des pentes de la Croix-Rousse ?

— Ah, nous n'aurions pas été plus fiers si on nous avait demandé de loger le Pape en personne.

— Oui, enfin, en même temps, le pape…

Céleste l'avertit du regard.

— Je veux dire le pape à cette époque…

Marius préféra changer de sujet.

— Mais je ne t'ai pas dit, c'est en traversant le quartier de Serin que j'ai décidé de venir te rendre visite…

Il lui parla des habitations « de bon standing » se trouvant à la place d'une usine qui occupaient le pied des balmes de la Croix-Rousse. Il se racla la gorge avant de poursuivre en lui rappelant une histoire qu'elle avait déjà entendue cent fois.

Dans cette usine, il avait autrefois récupéré deux armes cachées parce qu'on y annonçait le contrôle Gestapo le lendemain. « Je me souviens de l'odeur, des soies, noires, qui flottaient dans l'ombre comme de mauvais fantômes. Il ne fallait pas allumer. » Il était entré dans la pénombre avec leur correspondant, un ouvrier qui tremblait tellement que ses dents s'entrechoquaient. Ce dernier les avait sorties des cuves et les avait séchées avec difficulté : les chutes de tissu absorbaient mal. Comme il était impossible d'accéder à l'imprimerie cette nuit-là, Marius les avait rapportées à l'internat. Louis l'attendait, il l'avait félicité en chuchotant, et l'avait débarrassé en lui disant : « Il est inutile que nous soyons deux à prendre le risque. » Il avait dissimulé les deux armes dans son box.

— À cette époque, on croyait qu'on avait la vie devant nous, n'est-ce pas ? Mais dis-toi bien que si on a agi si courageusement, Louis et moi, c'est parce que tu ne tarissais pas d'éloges sur notre action.

Céleste ne put contenir une larme, le choc fut trop grand.

— Céleste, je ne voulais pas te peiner, tu n'es pas responsable, ajouta-t-il en comprenant sa maladresse.

Elle baissa la tête, il lui prit la main :

— Tu le sais bien, qu'on ne pouvait rien faire quand il se mettait en tête de tout assumer.

Un long silence suivit ses paroles. Finalement, Céleste lui glissa doucement :

— Alors tu es resté à la Croix-Rousse…

— Moi ? Oui…

— Tu te souviens ce que tu nous avais proposé à Louis et moi : devenir berger en montagne, au moins le temps d'un été. Moi, même le temps d'un été, cela me paraissait impossible.

Marius fut pris d'un petit rire :

— C'est vrai, j'aurais aimé vous y emmener, vous montrer le calme, immense, et la vie, simple et saine comme un bol de lait tiré du pis…

Avant de quitter le hall octogonal, il se retourna et déclara :

— Céleste, le fait d'avoir coupé les ponts… ce n'est

pas à cause de la consigne d'André. Je n'ai pas voulu te retrouver, par respect pour Louis, et par fidélité à Émilie, et Antoinette.

Elle ne sut que lui répondre. Une dizaine de jours auparavant, elle avait appris la mort de sa deuxième épouse,

Elle nota cependant que, contrairement à autrefois, il ne semblait plus du tout impressionné par la solennité des lieux.

8. Lucides avancées

Le 1ᵉʳ novembre tombait un mardi. Un mardi qui devenait transparent, vide des couleurs de son enthousiasme ; rien n'était prévu pour animer ce genre de date où l'on ne pouvait ni travailler ni participer à un événement un tant soit peu politique : Nathanaël craignait que ce jour férié intempestif ne fût interminable. Le jeune homme avait enfin accepté l'invitation parentale à déjeuner, bien qu'il fût prévu de fleurir la tombe de grands-parents morts et enterrés dans sa mémoire d'enfant. Ses craintes se confirmaient au moment de la cervelle de canuts[1], censée compter au nombre de ses plats favoris, ce qui n'était pas tout à fait faux. Il enfournait une belle tartine de fromage blanc à l'ail – ce qu'il n'aurait pas osé d'ordinaire pour ne pas infliger une haleine trop forte à son entourage–, quand son père engagea une de ses joutes qui avait le don de l'agacer.

— Dis donc, tu l'as bien choisi, ton candidat : lui, il a grandi dans les sacristies et a été aspergé d'eau bénite. Il paraît que c'est le nec plus ultra du Croix-Roussien de souche !

Son père faisait allusion à un dérapage de Riviere qui relevait l'incongruité des origines juives de Dorcel

---

[1] La cervelle de canut est une spécialité de la cuisine lyonnaise (à base de fromage blanc et d'herbes). Les canuts étaient des ouvriers de la soie rendus célèbres par la révolte au XIXᵉ siècle.

dans leur arrondissement.

— Oui, c'est vrai, il n'a pas sa langue dans sa poche, il choque parfois, mais il faut bien ça pour secouer les habitudes poussiéreuses de notre quartier.

— Et j'ai lu dans Jeudi Lyon – tu connais ? Il s'agit d'un nouvel hebdo qui vient de sortir.

Nathanaël acquiesça mollement. *Évidemment, qu'il connait : c'était le premier journal à avoir ébruité la nouvelle qui avait ensuite animé toutes les coulisses des cocktails mondains.* Son père poursuivit :

— J'ai lu dans *Jeudi Lyon* donc, que ton Riviere voulait faire de l'insécurité son cheval de bataille… Il a viré de bord ou quoi ?

Le jeune politicien servit l'argumentaire bien huilé qu'il avait pris d'Hervé, il n'était pas tout à fait à l'aise sur le sujet.

— Mais il a rien compris, le gus. La Croix-Rousse, c'est des cathos comme il le dit si bien, mais aussi des ex-canuts, des juifs, des musulmans depuis les dernières décennies. C'est un quartier dont la force est l'accueil d'étrangers, de personnes de tous horizons, sinon, elle perdrait de sa superbe, notre colline.

Son fils contre-attaqua ; il était bien d'accord et la presse avait mal interprété les paroles de Riviere :

— Et bien sûr, tu es tombé dans le panneau, railla-t-il.

Comme la Croix-Rousse le voulait, leur liste était bien multiculturelle, renchérit-il. Riviere avait roulé sa bosse : de cela, il était certain. Les deux hommes s'emballèrent, comme à leur habitude. Une voix maternelle s'éleva alors, vibrante d'amour et d'avertissement ; ils se turent immédiatement. Lucie participait enfin au débat, ce qui ravit son fils : elle parla de l'importance des racines et le débat s'apaisa.

Nathanaël, placé en bout de table, jeta un œil à la cuisine dans laquelle il avait partagé des repas de tous les jours avec ses parents. Il laissa un silence envelopper les oranges givrées qu'il dégusta en regardant la pluie couler sur la place de la Croix-Rousse. Il contemplait le cœur de son périmètre, là où il devrait œuvrer, il se sentait prêt à relever des défis, tout en cherchant la bonne direction à prendre… et ce n'était pas tout à fait celle de Riviere en réalité. Ce qu'il passait sous silence, c'était qu'il craignait qu'une autre forme d'ostracisme existât dans son programme : pas contre les étrangers, mais contre sa propre génération.

Alors que Nathanaël relevait la tête pour étayer ses arguments, il croisa le regard bienveillant de son père, avec un certain étonnement : il l'avait convaincu bien facilement finalement ! Il en conclut que c'était le métier qui rentrait. Son père se leva pour préparer joyeusement le café, qui les rendit badins. La famille se dirigea en plaisantant au cimetière.

Le jeune politicien y croisa Céleste encombré d'un chrysanthème multicolore. Il lui proposa de l'aider ; elle parut surprise de le trouver à cet endroit et le gratifia d'un sourire reconnaissant. Nathanaël s'en félicita.

Contre toute attente, ce jour de trêve lui avait permis de marquer des points finalement.

***

— Salut Maman.

Céleste sursauta, puis eut un mouvement de recul.

— Tiens donc… Louis Esposito, c'est qui ?

Céleste baissa les yeux :

— Tu ne le connais pas.

Elle s'en voulut d'être venue fleurir la tombe de Louis en ce jour de grande affluence.

— Et tu trouves normal que je ne connaisse pas quelqu'un à qui tu rends visite depuis... Pierre se rapprocha de la pierre tombale.

— ... pfiou cinquante ans !

Il ponctua sa réplique d'un geste puissant de la main.

Céleste ferma les yeux et puisa au fond de sa patience de mère. Elle retrouva le souvenir périmé de l'enfant qui s'en remettait à elle et celui de sa volonté à elle de le faire grandir, bien intacte.

— Allons boire un verre ensemble : veux-tu ?

Il hésita, puis répondit :

— Tout de suite, je ne peux pas… Je passerai à la maison plus tard.

À la maison... Céleste esquissa un sourire. *Tout n'est pas perdu.* Il partit sans l'embrasser, mais en précisant : « À tout à l'heure, alors... » Delphine apparut au fond de l'allée, se dirigeant vers eux. Pierre la rejoignit. Cependant, elle s'avança jusqu'à sa belle-mère pour la saluer chaleureusement. Céleste resta un peu empruntée, les yeux fixés sur son fils. Ce dernier avait blotti ses mains dans les poches de son manteau, en les couvrant d'un regard troublé.

Il surgit peu après sans crier gare. Céleste soignait ses fleurs quand elle entendit la sonnette. Ils s'attablèrent dans la cuisine, il garda son manteau. Il accepta une boisson, mais restait crispé. Elle demanda quelques nouvelles de sa femme qu'il donna de mauvaise grâce. Puis, il lâcha :

— Finalement, depuis qu'elle sort un peu, cela va mieux entre nous.

Céleste évita le « Ah, je te l'avais bien dit » qui n'aurait fait que raviver les tensions.

— Mais bon, tu aurais dû m'en parler avant de la conseiller. J'ai l'air de quoi, moi ?

— Tu as l'air d'un époux qui fournit des efforts pour sa femme.

Il maugréa pour la forme. Céleste se détendit. Il soupira, croisa ses jambes.

— Bon, tu t'en sors sinon ?

— Figure-toi qu'une jeune fille va s'installer pour m'aider.

Il tiqua.

— Elle manque un peu de tenue, il est important qu'une jeune fille de son âge se comporte de manière convenable, qu'elle connaisse les bonnes manières. Cependant, elle est de bonne volonté, alors…

— Bien, bien. Tant mieux.

— Je te la présenterai une prochaine fois : là elle est partie avec sa mère pour un court voyage.

Il ne répondit pas. Elle inspira profondément.

— Concernant Louis…

Il ne laissa rien paraître. Une nouvelle fois, la vérité lui parut l'élixir miracle qui pourrait réparer les relations bancales qu'elle entretenait avec son fils. Elle lui parla de ses actions en tant que résistante, avec Louis et Marius, de ses sentiments volés par une fatalité inique, de la mort qui avait fini par prendre son amant.

Elle vit que son discours avait ricoché sur un ressentiment tenace. Son fils cracha :

— Et nous alors ? Nous avons été là, chaque jour de

cette putain de vie d'après. C'était moins exaltant que tes macchabées de la guerre, mais nous étions vivants au moins.

— Ah, ça pour sûr que vous étiez vivants et même que, toutes ces années, il a fallu prendre soin de vous.

Son pied frappa le sol. Il était debout.

Céleste eut peur de lui, et cette peur, elle en avait honte. Son regard suppliant lui demandait le respect, non pas pour échapper à des coups, mais pour que tous ses efforts de mère ne fussent pas réduits à néant. Sa main droite recouvra le bleu qui avait persisté après qu'il l'avait saisie pour la reconduire vers la porte de chez lui, avant même qu'elle pût poser son manteau… un mois auparavant. Il l'avait accusé de vouloir briser sa famille en insufflant de mauvaises idées à sa femme. Il lui avait même dit qu'elle donnait le mauvais exemple, elle qui était une « professionnelle du divorce ».

Il était devant elle, et son front touchait presque le sien, il fulminait.

— Aucune mère digne de ce nom reprocherait à son enfant de devoir s'occuper de lui.

Il tapa la table de son poing.

Elle songea que s'il la frappait, Marie Moge ne la retrouverait que dans cinq jours, lorsqu'elle emménagerait.

— La vérité, c'est que tu n'as jamais été avec nous, tu vivais dans le regret, un autre pays, vide, qu'est-ce qui t'attirait autant dans ce no man's land ? Qu'est-ce qu'il avait de si extraordinaire ce type ?

Quand il quitta la pièce, elle avait la tête entre les mains. Sa demeure lui parut démesurément grande.

***

Une lumière bleue émanait des couloirs. André Riviere s'était à peine aperçu que les bureaux s'étaient vidés et n'entendait pas la pluie cliqueter dans la nuit glaciale. Il faisait défiler des profils d'internautes afin de les analyser et de sélectionner ceux qui servaient les intérêts de son site. Happé par les informations qui lui arrivaient, il s'évertuait à répondre à ses adhérents les plus sélects. Plus rien d'autre n'existait que ces fragments de désirs et de talents. Le sexagénaire tapait avec frénésie dans l'encart spécial créé par John, l'architecte de son réseau.

Deux ans auparavant, cet informaticien américain avait réussi l'exploit d'envoyer un message commercial à plusieurs dizaines de milliers de personnes. Accusé d'avoir « détourné » l'Internet à son propre profit, il avait perdu son compte de messagerie. Son action avait défrayé la chronique ; Riviere l'avait engagé. À cette époque, ses collègues français ne connaissaient même pas l'existence de réseaux sociaux.

Le réseau de Riviere avait connu un succès rapide. Le secret dont il l'entourait y était peut-être pour quelque chose. Ou bien le mot d'ordre qui figurait en première page :

« Pour que notre génération soit respectée, conjuguons nos efforts.

Le monde se portera mieux s'il écoute ses seniors ! »

Depuis une décennie, les seniors se laissaient gagner par l'engouement de cette technologie. Du moins ceux pour qui c'était matériellement possible, c'est-à-dire ceux qui étaient encore suffisamment actifs et puissants pour garder un pied dans le monde du travail, condition nécessaire pour pouvoir accéder aux liaisons internet. Ce qui permettait à Riviere de ne pas s'encombrer des indigents.

Il déroula avec soin la liste de ses membres potentiels tout en compulsant le dossier que lui avait remis Hertzan sur les candidatures en cours : celui-ci était chargé de vérifier le sérieux de leurs motivations. Quand il s'agissait d'habitants de la région lyonnaise, Hertzan complétait ses analyses par un espionnage direct de l'aspirant. Riviere repéra un candidat potentiel, toujours en place dans les hautes sphères politiques : un sénateur, Lambert, qui pourrait l'aider à maintenir certains adhérents à des postes de décision. Il contrôla sa fiche, le dossier était propre. Lambert demandait de l'aide pour empêcher le transfert de la femme dont il était amoureux : Suzie, une femme souffrant de la maladie d'Alzheimer. Elle avait d'abord été envoyée dans un centre parisien, où il pouvait se rendre régulièrement. Mais la famille de Suzie projetait maintenant de la ramener dans le sud de la France. Riviere parcourut la révolte du sénateur : « Quand elle est arrivée dans cette maison de retraite, elle s'est sentie perdue ; chez elle, elle jouissait d'une salle de bain, d'une cuisine et de trois pièces, avec ses objets, du linge, de la vaisselle. Là, elle ne possèderait presque plus rien. Plus d'intimité non plus : on ne frappe même pas lorsque l'on entre dans les chambres de ces malades. Si on la déplace là-bas, je crains que le choc lui soit fatal. »

Riviere disposait de relations dans le milieu des maisons de retraite grâce au Hameau : s'il se refusait à en gérer l'administratif – qu'il laissait à Hertzan –, il s'en réservait en revanche avec satisfaction le rôle de représentant. L'intronisation était validée, Riviere fit parvenir à l'heureux candidat une proposition d'adhésion contenant une promesse de fidélité. Il poursuivit avec des mises en relation. Il n'y avait pas de contact possible entre adhérents, il était le grand ordonnateur. Il s'apprêtait à vérifier certains avancements de dossier, quand, subitement, Hertzan apparut. Engourdi, Riviere regarda sa montre : 21 h 30. Les traits de son visage bougèrent à peine.

Il se mit à parler de son succès, Hertzan l'écouta attentivement en s'asseyant. Ses élucubrations au sujet de ce réseau – qui devait se développer « de façon exponentielle ! » – le dépassaient.

— Tu te rends compte, en une année, la Ligue a quand même atteint la centaine de milliers d'adhérents ! se rengorgeait Riviere en se redressant.

Son réseau sur le *World Wide Web* lui avait permis de connecter entre eux des sexagénaires puissants. Pour eux, il avait lancé une gamme de voyages qui incluait le tourisme médical ; l'un des produits phares était le soin dentaire en Belgique pour les Anglais.

— Je suis persuadé que l'*Internet* créera *la* révolution des années 90, martela-t-il, même pour des seniors comme moi. Et la Ligue rendra aux seniors la place qui leur est due.

Sans commentaires, Hertzan se leva et tira le dîner du frigo. Carole avait bien fait les choses. Riviere finit par éteindre son écran en entendant le son du micro-ondes qui livrait ses plats réchauffés. Il s'étira et le rejoignit à la table ovale de son bureau, le sourire aux lèvres. Hertzan avait déjà commencé à manger :

— Le comité est bien à quinze heures mercredi prochain ?

L'adjoint connaissait la réponse ; c'était juste pour

dire quelque chose. Riviere acquiesça entre deux bouchées. Il ne demanda pas ce qu'Hertzan avait fait de ses dernières journées, bien qu'il ne l'eût plus revu depuis quatre jours, et il ne remarqua pas les questions brûlantes qui ne franchirent pas les lèvres indolentes de son compagnon. Cependant, il bénit silencieusement son interruption : l'obstination dont il avait fait preuve sur la Ligue avait anesthésié sa faim, il se rassasiait maintenant avec plaisir. Le front de Jean luisait dans la pénombre – celui-ci se refusait à quitter sa veste de velours noir devant lui. Le bruit de leurs fourchettes remplaçait le clic de sa souris, Riviere ne ressentit pas le besoin d'actionner la cascade de néons qui garnissait la partie bureau. La présence opiniâtre de son adjoint, alors même qu'il était refoulé régulièrement par les exigences de la campagne, interpelait l'homme d'acier. Néanmoins, dans l'ombre, il devinait que les craquellements du portrait lui intimaient de ne pas céder à des atermoiements indignes.

Une fois qu'il eut fini de manger, Hertzan se leva. D'ordinaire, il aurait auparavant ramassé les assiettes.

— Je vais me coucher, il est tard.

Riviere en resta abasourdi. Tous les deux savaient que cela n'était pas vrai, qu'il ne pouvait pas être tard puisque Riviere ne l'avait pas encore décidé.

Hertzan sortit les poings serrés, tendus. Puis, il regagna le parking, et foula rageusement les feuilles rouge sang de l'automne en suivant le halo froid d'un lampadaire.

***

Malgré ses guirlandes foisonnantes et ses dorures de

circonstances, le QG s'était vidé depuis la veille. Noël prenait ses quartiers et André Riviere se devait de rendre visite à sa mère. Il ajusta son légendaire nœud papillon ; un dernier regard à son image dans la vitre de son bureau – ici il n'y avait même pas de miroir – et il rejoignit Henri. Il ne remarqua pas que le bonhomme fermait à la hâte une revue à la couverture douteuse. Lui était troublé de quitter la place si tôt, alors qu'il n'y avait plus personne pour y attendre un électeur potentiel.

Sa mère avait choisi de déjeuner dans le réfectoire, elle accueillait rarement dans son pavillon. Hertzan le guettait dans le couloir. Ils ne s'étaient pas vus depuis une quinzaine de jours. Rose l'avait invité lui aussi et ils se rendirent ensemble dans la grande pièce. Mais ils durent patienter pour pouvoir la saluer : la vieille dame finissait son tour ; doyenne de ce lieu, première installée, elle connaissait tout le monde.

Ils s'attablèrent, elle écouta les doléances de son fils. Il évoqua son étonnement devant l'emballement de ses pairs au sujet du parking payant ; que représentait pour eux cette modique somme face à leurs comptes dodus qu'ils maintenaient en banque ? À moitié sourde, elle tendit son oreille valide pour recueillir ses paroles. Elle réfléchit un peu ; en bonne auvergnate, elle se rallia à eux, Riviere soupira. Ils étaient si différents. La vieille dame était vêtue sobrement, une masse de cheveux blancs encadrait son visage sombre ; il arborait, lui, un costume taillé sur mesure et son sourire immuable. Elle s'intéressa à sa campagne à l'aide de questions précises, puis, elle dénombra les nouveaux arrivants du hameau ; Riviere laissa parler Hertzan. Au moment de la bûche, il débarrassa la tranche de sa décoration en carton : une scie rouge de bûcheron de Noël et il coupa la conversation qui s'était engagée en évoquant la fierté qu'aurait son père de le savoir candidat :

— Père serait bien heureux de me savoir arrivé à la mairie de la Croix-Rousse, il approuverait mes actions pour défendre notre colline, lui qui en a été écarté de façon humiliante, dit-il.

Au mur en face de lui, une immense horloge, vestige d'une gare fermée depuis des lustres, émettait un cliquettement ; elle semblait retenir le temps. Rose ne répondit pas tout de suite. André embrassa l'assistance du regard : principalement des retraités, plus jeunes que sa mère, qui entamaient une descente vers le néant. Il se redressa. Rose se perdait un moment dans la contemplation d'une baie vitrée. Elle finit par rapporter, songeuse :

— Une humiliation, oui, c'est vrai, il n'a pas pu se justifier… Cela faisait partie de son travail de participer aux repas organisés par les nazis, vous comprenez ? insista-t-elle en s'adressant autant à Hertzan qu'à son fils. Il était bon vivant, il ne pouvait pas s'en empêcher… Mais ce n'est pas la mairie qu'il a regrettée : il n'a pas supporté la désertion de ses amis après qu'on l'a accusé de collaboration.

André fit la sourde oreille.

— Que dites-vous ? S'il est tombé plus bas que terre, c'est parce qu'Herriot l'a écarté de la mairie du quatrième. Quelle honte après ce qu'il avait fait pour la France !

Hertzan essaya de prendre la parole mais n'y parvint pas. La vieille dame éluda. Elle sortit finalement deux paquets enrubannés aux couleurs de Noël. Hertzan fut le plus prolixe : il n'avait pas prévu que Rose pensât à lui.

André le dévisagea, capta la lumière inattendue de son visage et s'en étonna. Il commençait à s'agiter sur sa chaise. Après le café, il s'éclipsa sans effusion : « Vous nous quittez déjà ! », s'exclama Hertzan, ce qui l'agaça. Il ne comprit pas que Jean Hertzan s'indignait qu'il consacrât si peu de temps à sa mère. Quand ce dernier se leva pour l'accompagner, Riviere exigea qu'on le laissât seul attendre dehors.

Henri mit du temps à arriver, le grand homme devint une étrange statue sur la place vide. Il repensa aux propos de sa mère sur les raisons de la déchéance de son père. C'était la deuxième fois que le mot de collaboration lui était associé. *Ainsi, comme lui, son père n'était pas parfait.* Finalement, les paroles de sa mère lui ouvraient les yeux sur une réalité embarrassante : l'accusation de collaboration qui avait empêché son père de devenir maire pouvait bien compromettre sa propre situation. En revanche, Hector Riviere avait brigué la mairie et il l'appelait à ce succès : de cela, André ne pouvait en démordre. Des enfants mirent le nez dehors, espérant peut-être quelques flocons de saison. Lui n'y pensait même pas ; il ne vit rien du ciel laiteux et de son blizzard, qui étirait avec grâce les nuages saupoudrés d'une teinte rougeâtre. Il ne vit pas non plus Hertzan, qui l'observait depuis la baie vitrée, le cou réchauffé par l'écharpe qu'il avait reçue de Rose.

Quelques jours plus tard, Hervé lança des affichettes avec un nouveau slogan : « Avec Riviere ça coule de source ». Ses partisans y furent plutôt favorables, sauf Pierre-Henri qui fit savoir qu'il ne suivrait pas « un collabo doublé d'un guignol. » Ce fut l'élément déclencheur pour qu'André Riviere prît enfin tout à fait conscience de la portée de l'esclandre de Dorcel. Cet événement avait nettement diminué le nombre de ses sympathisants. Jusqu'alors, il poursuivait contre vents et marées. Certains avaient blâmé son obstination, d'autres avait admiré sa constance, lui avançait, aveugle.

Furieux d'avoir perdu une alliance qui lui semblait essentielle pour sa campagne, mais aussi pour ses affaires, Riviere envisagea d'abord de se séparer de son directeur de campagne. Puis, il admit en son for intérieur qu'Hervé l'avait prévenu le premier des impacts néfastes de l'accusation de collaboration.

Et il regretta d'avoir perdu un ami de longue date.

9. Avril 1995

Le fronton couronné des fioritures du parc de la Tête d'Or était flamboyant au cœur de ce nouveau printemps. Quand Nathanaël aperçut son ami Dimitri à la porte des Enfants du Rhône, il retrouva une verve adolescente et l'entraîna vers l'embarcadère des pédalos. Le bruit de la mécanique se mêla bientôt aux clapotis joyeux de l'eau, ils exécutèrent le tour de l'île en un rien de temps.

— Alors ta campagne ?

— Demain, j'anime un meeting, mon pote.

La fierté sortait par tous les pores de sa peau, ses yeux brillaient, Nathanaël annonça une centaine de réponses au mail générique qu'il avait envoyé aux étudiants domiciliés à la Croix-Rousse.

— Certains ont confirmé leur présence au meeting, d'autres m'ont félicité pour le « weblog ».

— Et tu n'as mené aucune action sur le terrain ?

— Si, bien sûr, je pense que peu de Croix-Roussiens de notre âge a pu échapper à notre distribution de tracts.

— Et il paraît que vous avez fait un sacré battage à l'ESCL !

Nathanaël en convint.

— Et toi, tu as ta carte électorale au moins ?

— Euh…

Il l'arrêta d'un geste :

— Non, Dimitri, là, tu déconnes.

Il nota en pensée d'insister sur ce point dans son discours : tous les étudiants devaient effectuer les démarches nécessaires et inciter leurs pairs à les engager.

— Laisse tomber, je sais que tu vas le faire, ajouta-t-il, magnanime, et tu seras là demain.

Ce n'était pas une question, Nathanaël avait tout misé sur cet évènement et attendait un soutien indéfectible de ses amis.

Le lendemain, la vingtaine d'étudiants fidèles à Nathanaël le trouvèrent à l'entrée de la salle une demi-heure avant l'heure. Parmi eux, s'avancèrent notamment Valérie et Dimitri. Le jeune homme venait de s'adonner au serrage de mains et s'apprêtait à passer sous les feux de la rampe. Une ligne de spots traçait déjà le chemin qui le mènerait vers le podium. Les deux amis n'eurent pas besoin d'échanger un mot : la salle grouillait, depuis une demi-heure maintenant ; l'excitation montait au rythme de la musique de contre-fond. Valérie se retourna avant de rejoindre sa chaise, le jeune homme capta ses encouragements parmi la multitude des regards pointés vers lui. En plus de leur travail de pistage des jeunes Croix-Roussiens, les étudiants recrutés pour le seconder avaient rebattu les oreilles de leurs condisciples de l'aspect fondateur de la politique dans le management, puis avaient glissé avec des sourires entendus que la soirée qui suivrait serait mémorable : de nombreux élèves de l'ESCL s'étaient déplacés alors que leur école se situait à une bonne dizaine de kilomètres de là. S'ajoutaient des officiels, des coéquipiers de la liste et aussi des personnes d'autres générations, ce qui, pour Nathanaël, constituait une cerise sur son gâteau de fête. Il éprouvait, pour tous ses futurs électeurs, quel que soit leur âge, un élan de sympathie authentique.

Les lumières commencèrent à se tamiser. Le jeune

politicien marcha dans l'allée sans cesse de serrer des mains. Les applaudissements s'enclenchèrent alors qu'il était à mi-parcours. Devant lui, la scène. Il eut une pensée pour la tribune qui avait été à l'origine de sa vocation. Sur le côté, au pied du rideau noir, se tenaient Riviere et des membres de l'équipe.

Il ne lui restait plus que quelques mètres.

Riviere s'empara du micro ; les pas du jeune homme eurent une hésitation, mais il poursuivit, accrochant son sourire de vainqueur au-dessus de sa chemise à carreau fétiche : jaune, couleur de l'action pour lui, celle qui ferait avancer les foules. Il se plaça, docile, près de son mentor. Il se répétait les formules clefs qu'il avait préparées afin de présenter leur projet, quand il réalisa que le discours du maître, nourri d'anecdotes, éloquent, montait en puissance. Il était bon, très bon... et s'éternisait. Couvant le benjamin de son équipe d'un regard chargé d'une feinte gratitude, Riviere ne lui laissait que des miettes. Plusieurs fois, le jeune homme avança la main, croyant que son tour arrivait, geste que l'on prit pour un acquiescement de sa part aux idées qui se développaient sans lui. Il y eut, après un temps interminable, les félicitations d'usage, une formule bien ronde qui l'associait tout en le tenant à l'écart. Lorsqu'il eut le micro, le sujet était clos ; l'étudiant éconduit faillit en oublier de donner le feu vert à la soirée. C'était à peu près tout ce qu'on lui accordait, il réussit à placer une plaisanterie avant l'annonce attendue. Lui ne remercia pas.

Le brouhaha des chaises portées sur le côté masqua sa déception. Nathanaël découvrait la gérontocratie dans toute sa splendeur. Il descendit de l'estrade, la musique de la soirée était lancée, la salle se transformait.

Un jeune vint lui poser des questions, il y répondit

avec un sourire crispé. Derrière lui se tenaient Dimitri et Valérie. Encouragé par Hervé, Nathanaël multipliait depuis quelque temps les apparitions publiques aux côtés de Riviere, et se voyait endosser le rôle d'adjoint au maire, il aurait aimé évoquer son ambition devant la jeune fille, le discours qu'il aurait dû prononcer ce soir aurait dû lui en donner les moyens... Il se sentait désarmé, il y renonça.

— Attendez-moi au bar, je vous rejoins dans un instant.

Il effectua consciencieusement les salutations d'usage auprès des officiels, s'y soumettant avec une rage grandissante. Son père le rejoignit, il l'embrassa et dit simplement : « Il y a du monde, dis donc. » Il ne répondit pas : il ne savait pas s'il était content ou pas de sa présence en ce jour désastreux. Il se dirigea vers le bar. Le soutien de ses amis le réconforta, jusqu'au moment où Valérie lui dit avec émotion :

— Dimitri ne t'a pas encore dit qu'il espérait devenir associé dans son cabinet ?

Il le félicita sincèrement mais regretta de ne pas pouvoir partager ses propres espoirs.

Il mit plusieurs semaines à quitter l'état de colère qui l'habita au sortir de cette fourberie.

***

— J'ai été jeune, moi aussi et...

Marie n'écouta pas la suite. Il lui était impossible de discerner le moindre vestige d'une jeunesse passée derrière ce visage mangé par les rides. Même en faisant abstraction du dépôt blanc qui apparaissait à la commissure de ses lèvres. Ces six derniers mois, elle avait plusieurs fois essuyé les monologues acerbes de sa logeuse sans protester. Cette fois-ci elle en avait assez : *le week-end, elle l'a mérité !* « Il n'est pas correct de prendre son petit déjeuner après 10 heures », avait déclaré Céleste en guise de bonjour. Furibonde, elle lança :

— Franchement, je peine à croire que vous ayez été jeune un jour !

Ce qu'elle regretta immédiatement : l'énergie que déployait Céleste à son encontre était communicative, elle se sentait vivante à ses côtés. Elle épia les bruits du couloir. La vieille dame s'était installée dans le petit salon. En s'approchant, Marie vit qu'elle feuilletait des albums de photos, tout en gardant sa tasse de café, le petit doigt légèrement surélevé, ce qui tenait de l'exploit équilibriste. Céleste tendit l'album et brisa le silence sans la regarder.

— Voilà une photo de moi à votre âge, dit-elle, provocatrice.

Marie ne put retenir un mouvement d'étonnement qui pouvait être pris pour de l'admiration. En réalité, elle avait à peu près autant envie de s'intéresser à ces clichés que de potasser son cours de discrétisation des volumes en polygones. Elle pencha la tête cependant. La jeune fille que Céleste lui présenta était digne d'un film en noir et blanc. Marie admit du bout des lèvres que la photo dégageait une certaine fraîcheur.

— Vous aurez du mal à me croire, mais à mon époque, nous aussi, nous transgressions les interdits… Simplement, nous risquions notre vie à ce jeu-là.

Elle va bientôt me raconter qu'elle trimbalait les

plans de la prochaine attaque dans les couches de son petit frère, songea Marie, blasée par avance. Elle n'en était pas loin : l'ancienne résistante lui relata comment elle diffusait des tracts.

— Je me souviens d'un tract qui m'a causé bien des tracas : pour un petit encart se référant à la prise de la Bastille, un camarade m'a traité de terroriste ! La consigne donnée était uniquement... de porter les couleurs nationales, si possible devant les monuments publics.

En décrivant ces distributions risquées, elle conclut avec un sourire :

— Ce faisant, je dois dire que j'ai connu des joies qui valaient bien le plus intense de vos orgasmes.

Marie s'assit, plus scandalisée que si Céleste avait prononcé une grossièreté : elle dut reconnaître qu'elle avait marqué un point. Pourtant, la jeune fille n'avait rien d'une prude effarouchée. Mais il n'était pas concevable d'évoquer le sujet avec la vieille dame. Elle baissa les yeux sur les mains ridées de son interlocutrice. *Ces mains, calleuses, tellement nouées, comment ont-elles un jour pu éveiller le désir ?*

Céleste reprenait :

— À chaque victoire des Alliés, à chaque fois que l'on sauvait une vie de ce fichu pétrin, on participait à une page d'histoire, c'était grisant !

Marie songea que c'était bien là le problème, que c'était une page d'histoire et qu'elle était tournée maintenant, et que la minette au regard pétillant des photos, elle aussi, elle datait de l'an quarante ! Céleste poursuivait, impitoyable, tandis que la jeune fille consentait à pousser de petits grognements censés montrer un intérêt pour les péripéties de sa jeunesse. Elle se fendit même d'un commentaire :

— Belle photo de classe. Mais cela devait être bien pénible de porter l'uniforme tous les jours.

Elle ne tarda pas à le regretter.

— Quand je vois ce que vous vous infligez en vous baladant avec vos jeans troués, je me dis qu'on n'était pas si mal dans nos uniformes, rétorqua Céleste.

Marie ne releva pas ; elle se força à commenter une ultime photo :

— Dites donc, votre prof, elle avait un air…

Elle ne trouvait pas le mot.

— … vicieuse, compléta Céleste.

Marie fut surprise par le ton qu'elle prenait.

— C'était la directrice, une catin ! s'emporta la vieille dame en se levant soudainement après avoir tapé la main sur la table.

La jeune fille comprit qu'elle aurait dit pute, si elle avait vécu à son époque. À ce moment-là, elle la trouva sympathique, mais *pourquoi une réaction si violente ?* Marie examina les photos. La directrice avait des traits sévères, certes, mais aucune expression particulière ne se dégageait de son visage. Elle remarqua un grain de beauté en haut de la pommette qui accentuait son air pincé ; c'était le seul signe distinctif de cette femme, par ailleurs extrêmement banale. Elle ferma les albums, même si elle aurait aimé en savoir un peu plus. Cependant, Céleste était déjà partie, aussi vite que sa hanche le lui permettait. La jeune fille pensa que la vieille dame ne s'en sortait pas si mal malgré ses handicaps. Elle soupira : en six mois, elle n'avait toujours pas trouvé le moment propice pour suggérer à la sexagénaire de s'installer dans une maison du Hameau. Décidément sa mission lui paraissait irréalisable.

Marie se dirigea à la fenêtre et contempla le parterre

de fleurs amoureusement entretenu par sa logeuse. Dans le fond, malgré son caractère de chien, Céleste l'émouvait. Elle vivait en symbiose avec son environnement. Les bibliothèques chargées de livres reliés et les décors moyenâgeux de la maison avaient besoin de leur châtelaine. Et l'effroyable statue sculptée dans le linteau de pierre qui surmontait la chambre principale ? Sans elle, elle perdrait son âme. *Comment imaginer que Céleste puisse s'habituer aux pièces carrées et blanches du Hameau ?* Dans deux semaines, le responsable de l'association lui réclamerait des comptes. Que pourrait-elle lui rapporter ? Que la vieille dame s'était brûlée en préparant ses pots de confiture à la fraise, car elle tremblait en transportant la casserole des feux de cuisson vers la table de la cuisine ? Qu'un jour, elle avait glissé dans le « corridor » comme elle disait pour désigner le couloir ? Et que donc, elle serait bientôt une candidate idéale ? Ou bien devait-elle le décourager en lui indiquant que la vieille dame avait un caractère tellement lunatique, qu'elle serait capable de faire fuir tous les pensionnaires du Hameau, un jour en leur détaillant par le menu les défauts « inadmissibles » qui les rendaient si peu fréquentables, et le lendemain en leur parlant de son plaisir inassouvi de résistante débridée ?

Elle appréhendait la prochaine revue ; le teneur du Hameau était bizarre. Leurs derniers entretiens s'étaient déroulés à la Croix-Rousse, plus commode et moins sinistre que dans l'espèce de prison entourée de murs blancs, mais il avait changé, on aurait dit qu'il avait rapetissé, ou rajeuni. Ils s'étaient retrouvés d'abord dans des bars autour de la place de la Croix-Rousse, puis, les deux dernières fois, sur un banc, dans un parc. Marie fronça les sourcils en se remémorant leur entrevue : *Oui, on aurait dit qu'il était retombé en enfance.* À son arrivée, il avait subrepticement escamoté un éclair au café. Il n'avait écouté que d'une oreille ses excuses. Il avait menacé, froidement ; cela ressemblait à une sorte de caprice : Céleste Desmoulins devait à tout prix s'installer dans son havre de vieux. Puis, son regard s'était perdu dans les branches d'un arbre immense, dont l'envergure avait dû porter des milliers d'enfants au travers de décennies innombrables. Elle s'était retournée après qu'il lui eut signifié qu'elle devait partir ; elle avait aperçu de loin qu'il avait ressorti le reste de son éclair sans plus faire attention à elle…

En se rappelant cette scène, elle songea soudainement qu'elle ne connaissait même pas son nom.

***

Une semaine après le rassemblement de jeunes, Riviere partagea son récent succès avec Hertzan. Comme il le faisait souvent auparavant, il lui donna rendez-vous à son bureau, pendant le week-end pour plus de discrétion. Sans se douter de la portée de ses propos, il vanta la réussite de la manifestation organisée par Nathanaël Payin. Ce coup de maître le confortait dans l'idée que l'étudiant était une bonne recrue, les renforts qu'il avait demandés avaient finalement été absorbés par la foule de jeunes ! Comme son adjoint lui donnait le tournis à force de circuler dans la pièce, il se mit à pianoter sur son clavier. Hertzan se planta devant lui, Riviere s'arrêta net en voyant sa main trembler : il était hors de lui.

— Calme-toi. Tu as une belle place ici et je t'ai laissé toute latitude au Hameau. De quoi te plains-tu pour l'amour du ciel ?

— Non mais qui croira à votre liste ? l'apostropha Hertzan. Vous voulez plaire aux seniors et vous leur mettez un jeunot dans les pattes ? Qu'est-ce qu'il peut bien piger à vos problèmes, votre petit protégé ? Vous allez vous ridiculiser ! lança-t-il.

— Ça suffit. Tu te comportes comme un enfant gâté. Tu m'exaspères. Ouvre un peu les yeux, il se passe tant de choses autour de toi, prends ta vie en main, sacré bon Dieu !

Riviere aurait dû savoir que l'on se lie durablement à celui qu'on apprivoise ; il avait ensoleillé les journées de cet homme en le laissant pénétrer son quotidien, lui donnant les raisons d'une reconnaissance illimitée, il s'en mordait les doigts maintenant.

Hertzan traversa le bureau et ferma – *ou claqua ?* – la porte. André dut ranger lui-même les tasses de leur petit déjeuner tardif. Ce jour-là, personne d'autre ne le ferait.

Ces derniers temps, l'ambiance s'était tendue au QG : dans trois semaines, la composition de sa liste municipale devait être déposée en préfecture. *Et les sondages qui donnent Chirac gagnant aux élections présidentielles !* Hertzan choisissait mal son moment pour ses sautes d'humeur, il soupira. Cet accroc l'ennuyait : ne pouvait-il pas comprendre qu'il ne pouvait pas prendre le risque de le mêler à sa campagne ? S'il persistait, il faudrait resserrer les boulons. Peut-être avait-il été trop coulant avec lui. Pendant la journée, il vaqua normalement à ses occupations ; néanmoins, un peu avant six heures, il fit le détour par Erigea au cas où Hertzan fût au bureau. Il ne trouva personne. *Dommage.* Il rejoignit son chauffeur, qui l'attendait devant les marches.

Dix minutes plus tard, sa voiture s'engouffrait dans la jungle lyonnaise. Ses allées et venues entre son entreprise et la Croix-Rousse étaient pénibles. Les embouteillages de l'entrée de Lyon étaient inévitables, même pour un personnage important comme lui. Il avait un jour imaginé décoller du toit d'Erigea en hélicoptère pour se poser sur la place de la Croix-Rousse ; Hervé avait eu un air tellement médusé qu'il n'avait pas insisté. Il devait reconnaître que c'était difficilement défendable d'un point de vue socialiste.

Riviere tripotait l'invitation maladroite de sa petite-fille Anaïs. L'écriture était laborieuse, l'enfant butait sur les courbes. *Elle aurait pu s'appliquer*, songea-t-il. Cependant, il se félicita d'avoir donné l'ordre à sa secrétaire de la couvrir de cadeaux pour noël : ce serait tout naturellement qu'il se rendrait à la fête patronale d'une école, qui se situait, heureux hasard… à la Croix-Rousse, même si Hervé avait prévenu la directrice. Cela dit, elle s'était facilement laissé convaincre de l'honneur que lui faisait le futur maire ; le prestige que lui conférait cette visite pourrait bien redorer le blason de son école (Riviere apprendrait plus tard qu'elle perdait des inscriptions).

Enfin, ils atteignirent le boulevard. À droite se trouvaient les Pentes, quartier qu'il évitait, d'abord parce qu'il s'agissait d'un autre arrondissement, mais aussi parce qu'il abritait son lycée. Trop de souvenirs embarrassants. Henri bifurqua sur la gauche, dépassa le

Clos Jouve et s'engouffra dans un quartier historique de la Croix-Rousse : Saint Denis, paroisse des fameux canuts. Il arrêta la voiture devant le porche de l'institution, au beau milieu d'un passage piéton ; il bloquait la rue. Comme le lui avait appris son patron, il n'eut pas un regard pour les véhicules qui s'agglutinaient derrière. Hautain, il sortit pour ouvrir la porte de Riviere. Alors celui-ci descendit, pénétré de son importance. Avertie de son arrivée imminente, la directrice l'attendait non loin de l'entrée. Comme prévu, elle l'accueillit avec émotion, mais dut forcer sa voix afin de couvrir le bruit des klaxons réprobateurs.

Corinne, sa fille, et sa petite-fille se joignirent un peu plus loin à son cortège. Pendant la soirée, il s'ingénia à mener campagne auprès de professeurs las et sceptiques, et de parents qui n'avaient d'yeux que pour leurs rejetons. Une fois satisfait et le vin aidant, il vint s'asseoir à côté de sa fille :

— Alors, comme ça, tu travailles ?

— Oui, j'ai trouvé une mission dans une entreprise.

Le travail des femmes, c'était un mystère pour lui. Il savait que sa fille n'avait pas besoin de cela pour vivre. Grand prince, il lui avait offert un appartement au moment de son mariage et s'était assuré que son gendre gagnerait correctement sa vie. *Pourquoi ne se contente-t-elle pas de regarder grandir sa progéniture et de régler les affaires de sa maison ?* Cependant, au lieu de lui demander pourquoi elle s'acharnait, il la questionna sur les chiffres de sa société et sur ses dirigeants.

Elle répondit du bout des lèvres tout en gardant les yeux rivés sur sa propre fille :

— Regarde, montra-t-elle subitement.

L'enfant dansait dans les bras de son père. Riviere vit Anaïs et ses cheveux qui s'envolaient. Il entendit son rire, ravi et insouciant, qui perçait le son de la musique. Il détourna les yeux : il était trop tard pour retourner à sa famille. Son regard froid glissa vers les genoux découverts d'une jeune fille qui laissait nonchalamment apparaître des cuisses généreuses. Il prétexta un peu de fatigue. Il se leva pour serrer la main de son gendre et gratifia Anaïs d'un sourire. En embrassant Corinne, il se souvint de l'émotion ressentie à sa naissance, dans l'effervescence de 1968, émotion qu'il avait oubliée à l'annonce de sa nomination en tant que directeur général d'Erigea France. Lorsqu'Henri longea la place du Commandant Arnaud, il se remémora la discussion qu'il avait eue avec Hervé au sujet de sa biographie, il se promit de lui demander de donner une plus grande place aux femmes de sa vie.

Une façon d'adoucir son portrait.

Pourquoi pas, après tout ?

Peut-être que, à la place d'Hertzan, sa fille se serait réjouie, elle, que le spectre de la collaboration se fût éloigné de leur famille, grâce à la détermination de ce poulain fougueux.

***

Dimanche, 13 heures, Erigea

Hertzan gara sa BX marron sur le parking et la couvrit d'un regard amène. Pas d'autre voiture : Riviere lui avait pourtant dit qu'il passerait ce dimanche aussi. Ses traits se crispèrent. Fidèle à son rôle d'homme à tout faire, il vérifia que tout allait bien. Toujours aucun bruit de voiture, il en profita pour fureter un peu plus cette fois-ci. L'immensité vide des bureaux inoccupés donna à ses déplacements dans les couloirs une aisance de desperado circulant sur son territoire et il hésitait sur la direction à prendre, tout en se demandant ce qu'il trouverait. Les gens laissaient parfois des choses étonnantes : une peluche, des médicaments, un caillou, une petite culotte, un rétroviseur, un oreiller ou une flasque d'alcool. Il ouvrit le bureau d'une commerciale. Au bout de quelques minutes de recherches infructueuses, il découvrit un cahier décrivant faits et gestes... d'un collègue, d'un hiérarchique ? Diable, il avait de la concurrence. *Intéressant. Enfin... seulement pour lui maintenant*, il soupira : Riviere écouterait ce rapport-là d'une oreille distraite. Seule sa campagne électorale comptait. Et, de ce projet, Hertzan n'en avait même pas les miettes. Il craignait d'ailleurs qu'une fois maire, Riviere le rayât de sa mémoire, surtout s'il avait à ses côtés ce bouffon, ce petit vantard de Payin. Il sortit par une porte arrière et passa en titubant l'angle du bâtiment : il maudit une fois de plus les services sociaux qui n'avaient pas accepté de payer les soins de rééducation dont il aurait eu besoin. Certes, sa fracture était le résultat d'un cambriolage qui avait mal tourné, mais il était alors orphelin et adolescent...

Il leva les yeux vers le dernier étage. Les larges fenêtres soulignées de motifs bétonnés donnaient la mesure de la puissante organisation qu'elles abritaient. Pas de lumière : Riviere n'était toujours pas là. Il s'assit sur l'herbe. De là, il l'entendrait sans être vu. Si toutefois celui-ci lui faisait l'honneur de se présenter ! Il s'allongea sur la pelouse et s'assoupit.

Il se réveilla en sursautant. Toujours personne... Il resta un long moment à fixer le sol. Irait-il près de l'étang qui se trouvait à quelques mètres de là ? L'idée ne lui était jamais venue, pourtant ce lieu était apprécié par les employés. La voiture de son patron arriva finalement, Hertzan louvoya un peu, puis le rejoignit dans son bureau.

— Préparez-nous donc un sandwich et sortez une bouteille de Bordeaux, lui ordonna-t-il en guise de bonjour sans lever les yeux de son écran.

Ni l'un ni l'autre n'évoquerait l'épisode houleux de la veille, ils le savaient tous les deux. Hertzan omit de lui faire part de sa dernière trouvaille, il avait mieux :

— J'ai quelque chose à vous faire écouter, répondit-il en le regardant.

Riviere ne réagit pas, Hertzan s'exécuta alors : il brancha un magnétophone et le posa à côté de son patron. Cinq jours auparavant, il s'était rendu chez Céleste Desmoulins revêtu d'un uniforme du Service des eaux. Il avait attendu que Marie Moge quittât la maison avant de sonner et avait prétexté qu'il devait effectuer des vérifications du « bon écoulement des eaux ». La sexagénaire l'avait laissé entrer. Malencontreusement, il avait alors « oublié » un appareil près des trappes d'accès aux canalisations. Il s'agissait en fait d'un magnétophone haut de gamme destiné à enregistrer ses conversations. Hertzan avait patienté deux jours, puis l'avait récupéré : « Je l'ai vraiment cherché partout », s'était-il plaint devant l'air interrogateur de la vieille dame au vu de l'appareil plutôt volumineux qu'il rapportait ; la ficelle était un peu grosse, mais fonctionnait bien.

La veille, sa colère contre Riviere lui avait fait oublier son précieux enregistrement qui devait lui permettre, enfin, de le sonder sur ses anciens amis. Aujourd'hui, il ne partirait pas sans que ce dernier l'eût écouté.

— Je me suis permis, pour votre sécurité, de

surveiller l'une de vos militantes, avança-t-il sur un ton neutre. Manifestement, elle prépare un coup en douce avec un de ses copains. Je n'ai pas tout compris, mais je pense que cela vaut la peine que vous entendiez ça.

Quand la voix de Céleste s'éleva, Riviere fronça les sourcils. Il se leva et augmenta le volume. *Ce qui signifie que l'enregistrement l'intéresse. Ou peut-être qu'il a encore perdu de l'audition...* Hertzan l'avait déjà réglé très fort, sur 7 : il lui jeta un regard inquiet. La bande se déroulait. Et, Riviere écoutait ! Dix minutes, vingt... D'habitude, il avait un avis sur tout. Et là, il restait figé, la bouche légèrement arrondie.

Céleste Desmoulins parlait avec Marius Chatelard de leur campagne. Marius trouvait injuste que Riviere ne leur eût pas encore assuré une place dans sa liste. Céleste s'enthousiasmait de son engagement et lui confiait qu'elle n'aurait jamais suivi André sinon. « Tu me donnes des ailes et un projet, mon ami. Et étant donné que mon fils s'est envolé, je suis entièrement à toi », plaisantait-elle.

Hertzan tenta un commentaire accompagné d'un rire nerveux :

— Je lui ai fait croire que le magnétophone était un appareil de mesure. Heureusement, elle ne m'a pas demandé ce qu'il mesurait !

Pas de réaction.

Marius taquinait son amie sur la faiblesse de ses motivations politiques, ce à quoi elle ne répondit pas. Il admit alors que cette campagne était tombée à point nommé après le décès de sa deuxième épouse, Antoinette. « Je ne parvenais pas à m'habituer à l'idée

qu'à 67 ans, je me retrouvais seul et deux fois veuf. »
Certes, elle n'avait jamais remplacé Émilie, sa première
femme ; mais il s'était accoutumé à elle au fil des
années. Céleste l'encouragea à lui parler de ce moment
difficile. « Depuis un mois, j'étais devenu un abonné de
la cafétéria de l'hôpital, poursuivit-il. Je reconnaissais
maintenant certains soignants. Est-ce que je souhaitais
que tout cela se termine ? *Peut-être, oui... enfin,
non !* » Il ne savait plus. Et comme Riviere
s'impatienta, Hertzan poussa la bande un peu plus
loin : Marius se moquait de la dictature de sa femme et
de son scepticisme inébranlable quant à ses capacités
culinaires. Jamais elle ne l'avait laissé approcher les
casseroles de son vivant. Si d'aventure elle s'absentait
pendant plusieurs jours, elle lui laissait un peu de
jambon et des bouteilles remplies de soupe : « Comme
je la verse bouillante dans la bouteille et que je ferme
tout de suite, c'est comme si c'était stérilisé », lui disait-
elle. Marius partit d'un grand éclat de rire, mais enfin il
ramenait la conversation vers des considérations plus
utiles : Hertzan se détendit, enfin son heure de gloire se
profilait. Il n'eut pas longtemps à attendre. Après un
échange sur leurs démêlés avec les autres membres du
comité de soutien, Marius Chatelard proposa, en parlant
de Riviere : « Si finalement on le menaçait de parler, je
pourrais lui imposer de me prendre dans sa liste. »
Hertzan tapota sur l'appareil avec un air triomphant.
Mais cette mutinerie n'eut pas l'effet escompté : Riviere
blanchit et arrêta le déroulement de la bande.

— Écoute-moi bien, tambourina-t-il sur le bois
verni : je t'interdis de les approcher. Tu m'entends ? Je
te l'interdis. J'espère que c'est clair ! J'aimerais que tu
cesses immédiatement de fouiner sans ma permission
dans les affaires de la campagne. Je te l'ai déjà dit :

Cela ne te concerne pas ! Ces deux militants, comme tu dis, ce sont de vieux amis, articula-t-il en pesant ses mots.

— Et ne me fixe pas avec ton air de martyr ! ajouta-t-il.

Hertzan le regardait avec ahurissement. Ils se faisaient face, homme à homme, fragiles dans leurs vêtements décontractés du dimanche : Hertzan dans un jogging visant à offrir un peu de confort à ses jambes indolentes, Riviere dans un pantalon de nylon marine avec un polo au col racorni.

L'homme d'affaires se calma et se dirigea vers la table ovale :

— Bon, allez, vas-y, apporte-nous de quoi manger. Tu fais du bon boulot, ici à Erigea. Et puis au Hameau, j'ai vu que tu as réussi à avoir un nouveau pensionnaire, bravo ! Je vais régler cette affaire. Cela n'est pas grave : Marius n'est qu'un fanfaron, conclut-il.

Ils mangèrent en silence. Hertzan garda les yeux baissés. Jamais auparavant son patron n'avait déploré ses activités de *fouineur* comme il disait. « De vieux amis », les mots résonnaient dans sa tête… Et lui, il était quoi ? Et, ce qui se passait entre son chef et Payin, c'était quoi au juste ? Il avait lu un article dans lequel un journaliste, étonné de trouver un étudiant dans l'équipe, le désignait comme un possible « fils spirituel ».

Riviere retournait à son écran, signifiant par là qu'il en avait assez entendu. Hertzan nettoya les traces de leur pique-nique et reprit son magnétophone. Avant de partir, il se souvint d'une demande de Rose Riviere :

— J'oubliais, votre mère souhaiterait que l'on remplace l'horloge du réfectoire…

Dernière tentative d'éveiller son intérêt : il pensait

que l'évocation de sa mère toucherait forcément quelque chose en lui ; son patron lui fit un signe d'assentiment qui le congédiait.

Écœuré, Hertzan quitta le bureau de Riviere en laissant la porte ouverte. Il resta assis un moment sur son fauteuil de cuir. À côté de son sous-main se trouvait, l'article parlant du fameux *fils spirituel*.

Lui, son père, il le portait sur son visage, jaune et rond. Ses traits lui avaient valu l'appellation non contrôlée de Chintok… Pourtant, il n'en connaissait pas grand-chose, de son père biologique, il n'avait que quelques souvenirs d'une joie fugace et cachée. Sa mère n'avait pas laissé une photo de lui, et Hertzan ne portait même pas son nom. Il s'agissait d'un étudiant soi-disant reparti soudainement dans son pays. En réalité, ce qui, pour lui, correspondait le plus à un père, c'était cet homme inaccessible à qui il devait tout : Riviere. De rage, Hertzan balança sa veste à travers la pièce. Une veste noire de velours identique à celle que lui avait payée son protecteur pour qu'il puisse s'intégrer dans l'entreprise. Depuis, l'adjoint fidèle avait toujours racheté la même.

Il soupira et remit machinalement le magnétophone en marche. Il auditionna une conversation entre Céleste et Marie Moge. Il nota une connivence entre les deux femmes.

La vieille dame demandait à Marie de lui poser : « doucement ! », son casque de Walkman sur les oreilles et de lui faire écouter sa musique. Son verdict fut sans concession : « Ce n'est pas de la musique de jeune fille, cette chose-là ». Marie ne se laissa pas démonter et lui passa un autre morceau. La vieille dame concéda alors que celui-là avait une belle mélodie, elle l'invita à rembobiner pour réécouter.

J'ai bien fait de placer cette fille là-bas, songea Hertzan en s'affalant sur le dossier de son siège.

Il entendit au loin Riviere fermer sa porte. Il se redressa et serra les poings : le patron partait sans le saluer. À peine 15 h, et l'homme à tout faire n'avait aucun projet pour la journée. Finalement, ses espionnages l'ennuyaient. Il sortit les clefs de sa BX de sa poche et les déposa sur son bureau. Il se rendit alors dans le fond du parc. Près de l'étang, un étrange arbre à la ramure de sorcier lui tendit les bras, il y grimpa avidement.

10. Résurgences

Céleste ferma la fenêtre dans un mouvement d'impatience.

— Il faut toujours qu'il y ait quelqu'un pour nous empoisonner l'existence, maugréa-t-elle en s'habillant.

Dehors, des travaux de voirie faisaient rage : des ouvriers entreprenaient de fracasser le macadam. *Ils y mettent du cœur !* nota-t-elle avec ironie. Peut-être une rénovation des canalisations d'eaux ? *Trêve de lamentations*, songea-t-elle en s'approchant de sa coiffeuse, ce qui lui arracha un sourire, vues les circonstances : elle se rendait à des funérailles dont elle avait lu l'annonce dans le journal. Elle parvenait à trouver un enterrement tous les trois mois, un peu plus à la fin de l'hiver ; elle aimait ces cérémonies, elle se donnait des airs de famille qui lui faisaient oublier qu'elle n'en avait plus, ou si peu.

Il lui arrivait aussi de découvrir une mort qui la touchait personnellement. L'hiver précédent, elle avait appris le décès d'Antoinette, la femme de Marius. Elle avait relu sa vie, où son ami n'avait pas pu prendre la place qui lui aurait été dévolue. Elle aurait aimé la connaître et elle se remémora ce que lui avait confié Marius, quelques semaines auparavant au sujet du décès de sa femme : « Quand j'ai pénétré dans mon appartement après avoir quitté l'hôpital, j'ai eu l'impression qu'il s'était transformé en son absence, un peu comme lorsque j'avais passé le pas de la porte avec mon tout petit, mon Gérard. Mais là, les pièces devenaient vides au lieu de se remplir de joies et de bruits. Je me suis assis dans mon fauteuil et j'ai laissé le jour tomber. » Elle aurait aimé pouvoir le consoler ce jour-là, elle s'était contentée de se rendre à l'enterrement et elle était restée en retrait – elle n'avait pas su décider si elle avait le droit d'être là, cela faisait si longtemps qu'elle s'était empêchée de l'approcher.

Cette fois-ci, l'inhumation avait lieu à la Croix-Rousse, Céleste en profiterait pour glisser des allusions militantes. La motivation de Marius lui donnait le goût de la politique.

La défunte était Clémence Rodin, une dame avec qui elle avait partagé une chambre, lors de son séjour en clinique pour une fracture du col du fémur. Avant de prendre son taxi, elle se rendit au supermarché afin d'acheter un pot de fleurs blanches dans lequel elle laisserait un petit mot énigmatique sans signature.

À deux heures, elle s'avançait vers la collation offerte en l'honneur de la défunte afin de se mêler aux discussions. De fil en aiguille, elle parvint à poser les questions qui la taraudaient :

— D'après mes souvenirs, elle devait emménager dans une sorte de village pour personnes âgées, après sa sortie de clinique. C'est bien cela ? demanda-t-elle à une amie de Clémence.

Elle enchaîna :

— J'avoue que sa décision m'a surprise : bouleverser toutes ses habitudes… commenta-t-elle avec une moue réprobatrice, à notre âge ! Je suis sûre qu'elle aurait pu s'arranger pour rester chez elle. D'ailleurs, cette toquade ne lui a pas réussi.

L'autre eut un moment de gêne.

— Je… Enfin… Oui. Clémence a regretté son appartement. Nous en passons toutes par là. On nous fait miroiter monts et merveilles. Et puis…

Elle se reprit :

— Là-bas, il y a toujours quelqu'un pour s'occuper de vous et comme cela, votre famille est enfin délestée du poids de votre sécurité. C'est important pour eux, vous savez.

Céleste la regarda avec stupéfaction : ainsi cette dame à la permanente impeccable, au chemisier brodé, s'était laissé embrigader elle aussi. Elle hésita. *Que répondre ?* Pour elle, son interlocutrice avait signé son arrêt de mort en acceptant de se rendre dans une maison de retraite : c'était comme si elle avait baissé les armes.

— En ce qui me concerne… Eh bien, je ne supporte pas que l'on organise ma vie à ma place. Et…

Elle fit une pause avant de poursuivre :

— Cela dit, je comprends. J'ai dû m'adapter moi aussi. Cependant, nous devons nous battre pour conserver notre liberté, parce que sinon, c'est notre dignité que l'on va nous enlever. En vieillissant, nous oublions parfois que nous avons des droits.

Elle renonça à lui dire pas à quel point elle comptait bien les défendre, ces droits : de toute façon, cette dame ne votait plus à la Croix-Rousse. En fin de compte, elle eut toutes les peines du monde à trouver un auditoire à ses arguments politiques, d'autant plus que la morte avait milité à droite pendant un temps. Elle essuya des rebuffades agacées. Un jeune Croix-Roussien l'écouta poliment, mais irait-il voter ? La salle se vidait, elle se vengea sur le buffet encore bien fourni. Tandis qu'elle dégustait un canapé aux œufs de lompe suivi d'une mini-tartelette verte et croquante, elle vit arriver un vieillard talonné de sa fille, qui s'empressa de lui tirer une chaise et de l'approcher de ses jambes hésitantes.

— Laisse-moi, je peux me débrouiller tout seul,

souffla-t-il, agacé.

— Je veux juste éviter que tu ne tombes, justifia-t-elle.

Ils se disputèrent ensuite au sujet de l'appareil auditif du vieil homme dont il fallait changer la pile.

— Oui, je le dirai à l'infirmier, finit-il par promettre après avoir fait répéter plusieurs fois.

Sa fille se lança alors dans un monologue ennuyeux, lui livrant sans vergogne tous ses tracas domestiques. Lui… avait le regard dans le vide. « J'entends mal », se contentait-il d'objecter lorsqu'elle lui reprochait de ne pas répondre. Céleste soupçonna le vieil homme de renoncer volontairement à renouveler cette pile. Elle songea qu'il lui serait difficile de vivre avec une fille tellement envahissante.

— Ne vous laissez pas faire, lui glissa-t-elle.

Le vieil homme tourna la tête, étonné. À ce moment-là, elle se sentit convaincue par le programme de Riviere.

Rassérénée, elle quittait les lieux quand quelqu'un l'interpella ; elle plissa les yeux et fouilla dans sa mémoire… Elle reconnut Jacques, un camarade de classe de Louis ! Ils se dirent ce qu'ils étaient devenus. Ravie, elle lui parla de sa liste électorale. En vain : il ne parut pas intéressé, il s'étonna simplement de son accointance avec André.

— Alors, comme cela, vous êtes restés amis ?

Finalement, il la regarda et lui dit avec compassion :

— La mort de Louis nous a tous marqués, tu sais, Céleste.

Ses traits fondirent, elle éluda le sujet. Elle se remémora en silence l'internement de son amant à Montluc, dans le 3e arrondissement, au sud de Lyon, au-delà du Rhône. Il était resté là trois mois, coincé à l'intérieur de quelques mètres carrés partagés à huit. Puis, il avait été déporté un peu avant la libération de la prison en août 1944. Céleste avait appris en septembre qu'il était mort d'épuisement. Dans le taxi, des souvenirs plus heureux refluèrent : *Combien de fois l'avait-elle attendu dans le petit square situé derrière le lycée de garçons ?* Au lieu de rentrer directement chez elle, elle demanda au chauffeur de la déposer devant l'entrée du lycée des Chartreux. Elle demeura un moment immobile, émue, puis… elle chercha un prétexte pour pénétrer à l'intérieur… Pragmatique, elle s'interrogea sur ce qui pourrait servir la campagne : elle décida de retrouver les bulletins d'André. Ce dernier avait été bon élève, ses bulletins seraient un point positif qui le mettrait en valeur et qui le rapprocherait du commun des mortels. Elle se dirigea vers l'accueil ; il était intégré dans une sorte de pavillon qui gardait l'accès aux bâtiments de l'école. L'institution était protégée par de grands murs d'enceinte. Là, un homme engoncé à l'intérieur d'une guérite lui indiqua que, pour consulter les archives de l'école, il fallait prendre rendez-vous.

— Si vous voulez, le professeur d'histoire qui en est chargé pourra vous recevoir… Disons mardi, dans deux semaines. À 14 h ? Cela vous irait ?

Dommage, il faudrait revenir. Elle accepta et laissa son numéro de téléphone.

Quand elle arriva enfin chez elle, Céleste s'assit, fatiguée, dans un fauteuil situé près des portes-fenêtres qui menaient à son jardin. Un bruit dans la cuisine la sortit de ses pensées. Marie… *Ces jeunes, ils ne peuvent pas s'empêcher de grignoter à toute heure*, songea-t-elle. En entrant dans la pièce, elle constata, un peu honteuse, que la jeune fille… équeutait les haricots. Elle semblait même y prendre un certain plaisir. Depuis peu, elles partageaient le même repas, ce qui, quelques mois auparavant, lui aurait paru inconcevable. La vieille dame se mit à l'aider sans rien dire. Elle ne fit aucune remarque sur la longueur des queues. *Décidément, elle n'a pas le sens des mesures*, regretta-t-elle quand même. Mais elle fut agréablement surprise de voir que la jeune fille avait les ongles coupés soigneusement et même recouverts d'un vernis quasi incolore qui affinait ses mains. Elle attribua ce progrès aux conseils qu'elle lui prodiguait. Il restait ces rougeurs sur la peau de ses mains, résultat de lavages trop fréquents, dont il faudrait lui parler ; ce soir, elle ne s'en sentait pas le courage. Pour rompre le silence, elle évoqua sa rencontre avec Jacques.

— Comment avez-vous pu le reconnaître après tant d'années ? s'étonna Marie.

— Je ne sais pas vraiment. Nous avons vécu ensemble une période très intense, je suppose que cela fixe les souvenirs.

De fil en aiguille, mise en confiance par l'affabilité de la jeune fille et un minuscule verre de Porto, la vieille dame lui parla de Louis :

— Aujourd'hui, lorsque je me rends sur sa tombe, j'ai toujours tant à lui dire que j'emporte un tabouret pliant. De son visage, je ne me souviens plus de grand-chose. Cependant, son regard est encore là. Je ne sais pas si vous pouvez me comprendre : il me surprenait et me comprenait à la fois, il était doux et ferme, et quand j'étais auprès de lui aux comités de résistants, je m'imprégnais naturellement de sa présence, comme… un tissu qui s'imbibe de sa couleur chez le teinturier. Je n'avais pas besoin de le toucher ou de le regarder pour sentir qu'il était près de moi.

Marie l'écoutait, un haricot suspendu en l'air sans l'interrompre, la tête inclinée sur le côté. Céleste poursuivit :

— Le matin de son arrestation, je lui avais avoué ma crainte d'être enceinte ; plus tard, j'avais regretté de ne pas l'être, bien qu'à l'époque, cela aurait été très mal vu. Il était l'unique personne auprès de qui je n'avais plus peur. Auprès de lui, rien ne pouvait m'arriver, ou plutôt si, tout. De lui, j'attendais tout et j'aurais pu tout donner.

Elle se redressa, avec un air de défi. *Et que personne ne s'avise de moquer ce sentiment vieux de quarante ans !* Marie ne s'y risqua pas. Elle affichait même une sorte de sourire béat qui laissa la vieille dame perplexe. Un peu plus tard, elle se demanda par quel sortilège elle en était arrivée à se confier à ce point à la jeune fille.

Marie se raconta un peu ensuite. Céleste l'écouta. Elle aima sa ferveur. Elle sut que, si elle avait vécu pendant la guerre, Marie aurait pu, comme elle, transporter des tracts pour la Résistance dans son cartable. Cependant, pour le monde d'aujourd'hui, elle manquait de tenue ; la vieille dame se promit de l'éduquer : il était important qu'une jeune fille de son âge se comportât convenablement, qu'elle connût les bonnes manières.

Non pour s'y conformer, mais afin d'occuper sa place, où qu'elle fût.

***

Le jour de la fête du Travail, Céleste s'octroya un

répit en s'installant dans un fauteuil d'extérieur que Marius avait disposé au pied de son chêne. Elle se laissa caresser par le scintillement de ses feuilles et s'endormit, un livre encore à la main.

Quand elle se réveilla, alertée par un craquement suspect, elle vit Marius s'approcher et l'interrogea sur l'émotion qui se lisait sur son visage. Pris sur le fait, il se racla la gorge, puis lui avoua qu'elle lui faisait penser à Antoinette, et des années encore auparavant, à sa tendre Émilie. En rentrant du bar, il les retrouvait parfois sur la place devant chez lui, mise en beauté par un rayon de soleil taquin ou des ombres mystérieuses. Aujourd'hui, la présence de ses deux épouses s'effaçait inexorablement de cet univers familier : la silhouette d'Émilie, pourtant habituée de cet espace public, avait quasiment disparu de sa mémoire. Cette dernière y surveillait autrefois leur fils Gérard tout en discutant avec des amies. Elle s'y reposait aussi : il se souvint d'une fois où il était arrivé à l'improviste, il l'avait longuement regardée. Émilie était béate, les paupières entr'ouvertes, le visage tendu au soleil. Antoinette, elle, venait souvent lire sur les bancs au vernis élimé. Songeuse, enveloppée dans un châle, elle était prise tout entière dans l'histoire qu'elle engloutissait. « Un peu comme toi », ajouta-t-il, taquin. Il en éprouvait parfois de l'amertume : elle ne prêtait que peu d'attention aux récits de ses journées au bar, fussent-elles édulcorées de quelques affabulations croustillantes dont il avait le secret.

Aujourd'hui, sur la place, il ne restait que la petite esplanade, les plantes – hirsutes, deux platanes et la poussière rouge du sol apprivoisé.

Céleste l'écouta, puis posa sa main sur la sienne. Mais Marius proposa de rentrer à l'intérieur, et une fois installé dans la cuisine, il lui demanda sans préambule :

— Je voulais savoir ce que toi, tu en penses de ce parking payant de la Pierre Plantée. Pas très socialiste quand même comme idée... Des passe-droits seraient octroyés sans condition à une sorte de conseil d'anciens triés sur le volet parmi des personnages influents.

Céleste se raidit, elle reconnaissait là l'esprit dissident qui l'inquiétait : *comment l'aider à rejoindre le clan des élus, ceux qui deviendront la future équipe municipale, s'il en conteste les idées ?*

— André a une vision du socialisme qui passe par le respect des aînés. À nos âges, nous ne pouvons plus garer notre voiture à cheval sur un trottoir parce que les rues de la Croix-Rousse sont engorgées. Mais pourquoi tu me parles de cela ?

Il tritura sa casquette en tweed et se lança dans un long discours.

— Eh bien, j'ai le sentiment que je pourrais occuper ma place, mais en tant que communiste, dans la liste de Riviere. La Croix-Rousse a besoin de ça, le sang des canuts coule dans ses veines.

La vieille dame ne l'écoutait plus. *Il persiste, le bougre* ! Cette idéologie de mécréant l'avait cannibalisé.

— ... alors, je leur ai dit que je pourrais défendre des valeurs humaines. Ils étaient tous là, les gars du club de boules. Si nous mettons nos efforts en commun, nous pouvons garder l'âme de la Croix-Rousse, bien mieux que ces « BoBos » qui exhibent un bout de pierre croyant faire renaître l'histoire de la colline. Je leur ai raconté comment j'avais vécu l'élection de Mitterrand : je te l'ai déjà raconté celle-là ?

Il lui narra son aventure, presque quinze ans en

arrière : à l'annonce de l'élection de François Mitterrand, Manu, chauffeur de bus, avait proposé à chacun de ses passagers de le ramener chez lui en le laissant partager une bouteille de champagne qu'il avait apporté pour l'occasion. Le militant termina avec un trémolo dans la voix.

— Ce jour-là, j'ai vraiment cru, que la fraternité pourrait devenir une valeur en France et que le communisme avait enfin sa chance.

— Je te rappelle que notre liste est socialiste, dit Céleste, troublée.

— Socialiste ou communiste… Ça ne devrait pas être si éloigné que cela… Il faut que je te dise, Céleste : je ne suis pas tout à fait à l'aise avec la vision d'André. Je n'arrive pas à convaincre mes amis avec ses idées à lui.

C'est bien ce que je craignais, songea Céleste.

— Pas facile d'atteindre les Croix-Roussiens, modéra-t-elle. Tiens, moi, lundi dernier, lors de mon enterrement...

— De quoi parles-tu ? fit Marius, les sourcils froncés.

Elle lui expliqua, un peu gênée, son goût pour les cérémonies funéraires. Pour couper court, elle enchaîna rapidement :

— D'ailleurs, j'ai rencontré Jacques là-bas. Tu te souviens de lui ?

Il répondit par quelques bredouillements et lui réclama un verre. Elle lui proposa une canette de bière. Ils restèrent un moment en silence, il ne semblait pas très enclin à remuer les vestiges du passé. Céleste essaya de lui faire valoir que, dans leur épopée de résistants, certes tragique, il y avait aussi des aspects grisants. Il évoqua alors un bal où Louis lui avait demandé de les accompagner, lui, et sa dulcinée : il lui rappela l'imprimé pastel de sa robe ; elle, elle se souvint qu'elle n'osait pas poser sa main sur son épaule lors de l'unique danse qu'elle lui avait accordée – les autres étaient réservées à Louis.

Devant sa morosité, elle revint à ce qui paraissait le tracasser.

— Peut-être pourrais-tu t'inspirer des grandes idées du parti socialiste pour rallier tes amis à notre liste, proposa-t-elle soudain. Certaines doivent être compatibles avec tes idées.

— Comment ?

— Hervé parait ouvert à de nouvelles orientations, son slogan montre qu'il veut s'attirer la sympathie des Monsieur tout le monde.

Marius saisit la perche :

— Tout à fait d'accord. Et d'ailleurs, à l'inverse, nous pourrions aussi nous inspirer du communisme, en fait.

Céleste resta silencieuse ; il argumenta :

— Il est vrai qu'à l'échelle d'un pays comme la Russie, le communisme a déraillé, mais sur la colline des canuts, il pourrait nous mener loin.

— Tu t'emballes, mon ami et je crains que ton enthousiasme se brise d'un coup au contact de notre équipe de choc. Cela dit, moi aussi, je m'y mets à la campagne : qui sait, je pourrais te soutenir ; enfin, pas sûre que nous trouvions un terrain d'entente sur ce sujet...

— Tiens donc, madame s'engage donc ?

— Oui, en souvenir de Louis et de nos batailles d'antan, il serait fier qu'on se batte pour la Croix-Rousse.

Il la regarda avec un air embarrassé.

— C'est pour la France qu'il se battait.

Elle était perdue dans ses pensées. Il ajouta, la voix un peu tremblante :

— Il est encore tant présent que cela pour toi, Louis…

Elle soupira.

— Oui. J'aimerais me débarrasser de ce sentiment vieux de cinquante ans, mais je ne peux pas.

Elle se lança.

— Voilà mon idée : je pensais fouiller les archives des Chartreux pour en ressortir les bulletins d'André…

— Pour une fois, Céleste, je parlais de choses sérieuses.

Elle fut piquée au vif :

— Que veux-tu que nous mettions en avant ? L'abolition de la peine de mort ?

Elle s'arrêta, elle avait parlé trop vite. Ils se regardèrent, tendus, Marius se remit à deviser, le son de sa voix la berçait. Cependant, Céleste resta songeuse.

La peine capitale…

Tuer…

Deux notions qui n'avaient qu'une mince frontière, comme celle qui avait été franchie par des troupes rendues ennemies par des stratèges en colère. Et, de l'affrontement absurde avait surgi la mort, omniprésente, facile, qui s'expliquait d'elle-même « C'était la guerre… » était une expression qui justifiait tant de choses.

Marius ramena le sourire sur ses lèvres blanches en lui parlant du camion bringuebalant de son ami Dédé, des tournées au PMU où l'on discute des lampadaires installés par le maire sortant, de son amie Annie qui s'était fait prendre pour racolage et qui, depuis, voyait la police partout. Ses sujets de conversation partaient tous azimuts.

Une fois qu'il fut parti, Céleste s'aperçut que le fait que Marius n'eût pas les mêmes motivations qu'elle ne l'affectait pas réellement. Le communisme, c'était une bonne raison de se disputer : bonne, au sens propre du terme. Contre toute attente, ce genre d'achoppement laisserait leur amitié vierge de disputes véritables.

11. Désillusions

Chirac a été élu vendredi dernier parce qu'il était le candidat de la rupture.

Nous aussi, à Lyon, nous avons besoin de changer : notre maire nous a éblouis en éclairant magnifiquement notre ville, il s'est laissé emporter ; le pouvoir, quand il reste trop longtemps dans les mêmes mains, devient lourd à porter. Il est temps pour notre ville de renouveler ses forces vives. Nous, les socialistes, nous permettrons à Lyon d'opérer la rupture à laquelle vous aspirez.

Dans l'arrondissement du 4ᵉ comme dans les autres, il vous faut du sang neuf. La Croix-Rousse est en péril. Rendons la Croix-Rousse aux Croix-Roussiens afin qu'elle retrouve son âme.

Nathanaël relut. *Osé mais percutant*, jugea-t-il. Pas facile de rebondir sur l'élection de Chirac et d'encourager à voter pour leur liste socialiste. Il était content de lui. Il copia son texte sur son weblog et l'envoya sur l'Internet, sans attendre la critique d'Hervé ou de Riviere. L'un et l'autre l'avaient déçu : Hervé en lui laissant croire qu'il pourrait monter, Riviere en lui volant la vedette lors de l'évènement qu'il avait organisé, il décida qu'il s'affranchirait de leurs avis.

Brillant. Il était brillant ! Il releva la tête et poussa un grognement de satisfaction. Les manches de sa chemise blanche qu'il s'imposait par bienséance commençaient à l'embarrasser, il les retroussa. Bientôt, il serait colistier, il aurait son diplôme, une fois son mémoire de stage rédigé ; lui, il ne serait pas chômeur comme son père : ses traits se durcirent. Le téléphone le fit sursauter.

— Monsieur Payin, monsieur Riviere vous demande de monter dans son bureau, lui annonça la secrétaire de direction d'une voix fluette.

Nathanaël lui indiqua qu'il arrivait et raccrocha. Il regarda le combiné avec perplexité : ici, il était censé garder ses distances avec André Riviere, surtout en plein après-midi. En entrant à l'intérieur des quartiers du dirigeant, il fut plongé dans un monde tamisé ; une fois la porte fermée dans son capitonnage, les bruits de la journée de travail s'effaçaient. Le grand patron était entouré de seniors aux visages aussi sombres que leurs costumes-cravate. Face aux années qui s'affichaient devant lui, l'étudiant prit conscience de la modicité de ses six mois de stage. Là, il n'était plus le roi du monde, il se trouvait face à une sorte de tribunal. Il n'y avait pas de chaise pour lui, il dut rester debout. D'ordinaire peu impressionnable, il se sentit oppressé. Néanmoins, il ne se laissa pas démonter et arbora un sourire narquois. Il reconnut certains membres du comité de direction, mais les autres qui étaient-ils ? Des regards acérés se braquèrent sur lui lorsque Riviere expliqua qu'« on » lui avait rapporté des propos fâcheux :

— Il semblerait que votre ambition vous ait fait perdre la tête.

À plusieurs reprises, il avait été relevé chez leur stagiaire une tendance à faire cavalier seul, notamment auprès d'une jeune thésarde… Nathanaël eut des sueurs froides, une chape de plomb figea ses membres. Il avait effectivement initié un échange avec une thésarde, pensant que ses travaux pourraient ouvrir de nouvelles possibilités pour Erigea.

— Soyons clair, je ne veux aucune fuite concernant ce matériau, assena Riviere.

Le jeune homme retrouvait progressivement des couleurs.

— Je ne comprends pas où vous voulez en venir. Je m'étonne que des hommes puissants comme vous tremblent devant un étudiant. Cela dit, il est vrai que j'ai quelques idées novatrices qui pourraient améliorer les débouchés de notre société. Par exemple…

Il y allait un peu fort en parlant de « notre" » société, d'autant plus qu'il quittait Erigea le lendemain. Un homme qu'il ne connaissait pas le coupa et Riviere poursuivit en lui demandant une totale fidélité : Nathanaël se racla la gorge mais soutint son regard. « On » avait intercepté certaines de ses discussions, privées, avec des amis. Le jeune homme admira le talent avec lequel son interlocuteur s'adressait à lui, en omettant sans scrupules leur collaboration de campagne : aucune émotion ne filtrait. Mais il ne l'écoutait plus tout à fait : d'un œil, il observait Hertzan, placé à l'autre bout de la table ovale. Grâce aux rumeurs au sein de l'entreprise, il savait que cet homme était dévoué corps et âme à leur patron. *Apparemment, il prend plaisir à ce qui se passe.* Les fuites proviendraient-elles de lui ?

Contre toute attente, Riviere lui apprit qu'après ce recadrage en règle, il était cependant encore un candidat potentiel de la liste qui serait déposée dans quatre jours. Le visage d'Hertzan devint cadavérique et sa main fit un bruit mat sur la table : les soupçons de Nathanaël se confirmaient.

Nathanaël sortit contrarié. Une évidence se formait dans son esprit : en devenant membre de ce conseil municipal, il servirait un système manipulé par des vieux. Une fois dans l'ascenseur, il se redressa. Il deviendrait adjoint au maire, et pour le moment, c'est tout ce qui comptait. Un jour, néanmoins, il ferait payer à Riviere l'inconstance de son attitude à son égard.

***

Le doux soleil de mai éclairait une rangée de dossiers gondolés et poudrés de poussière ; Céleste se trouvait à l'intérieur d'une pièce exiguë de l'École des Chartreux, et écoutait avec émotion le professeur qui couvait ses archives d'un regard affectueux. Son hôte lui avait décrit, avec soin, les trésors qui se cachaient ici ; les documents administratifs prenaient des lettres de noblesse en entrant dans l'Histoire. La vieille dame l'écoutait parler, elle ne souhaitait pas dévoiler l'objet de sa visite.

— Je vous laisse regarder alors ? conclut-il en s'éloignant à contrecœur, quand elle le libéra.

Céleste se réjouissait de l'expérience. Pendant la guerre, elle était dans une école de filles et elle n'avait jamais pénétré dans l'endroit où Louis avait passé la fin de sa courte vie. Elle fouilla les étagères avec volupté, plus de deux semaines qu'elle attendait ce moment. Elle n'avait rien dit à l'équipe de campagne finalement. Si elle parvenait à mettre la main sur le dossier scolaire d'André, elle pourrait participer à la commission chargée de son image et espérait un peu de reconnaissance ; elle en avait assez de proclamer leurs idées dans des lotos ennuyeux ou autres réunions de mamies tricoteuses.

Elle repéra d'abord l'année où André avait débuté

son collège et elle entreprit de chercher son nom. Lorsqu'elle le trouva, elle se dirigea alors vers la fenêtre pour s'asseoir : ses jambes vacillaient. Elle fronça les sourcils : le dossier commençait avec des notes étrangement moyennes. Il apparaissait qu'André aurait été peu travailleur et bagarreur, pas du tout ce qu'elle pensait. Surprise, elle poursuivit, persuadée qu'elle trouverait dans les années suivantes quelques distinctions qu'elle pourrait exhiber : même constat sur tout le collège. Elle se mit en quête de son dossier de lycéen. Elle était tellement fébrile qu'elle lâcha la pochette, elle dut rassembler les feuillets en se mettant à genoux, et reprit sa lecture. Les bulletins étaient nettement plus gratifiants. Immédiatement, ce qui l'étonna, ce fut la différence exagérée entre les bulletins du collège et ceux du lycée. Les appréciations décrivaient un élève modèle, faisant la joie et l'admiration de professeurs comblés. Or, elle avait retenu qu'André était brillant, certes, mais elle avait aussi gardé le souvenir d'un garçon malicieux, frondeur, meneur… toujours à l'affût d'une nouvelle blague à infliger. Rien de tout cela ne filtrait dans les commentaires. Mal à l'aise, elle examina le livre relié qui donnaient le détail des prix d'excellence. Le nom de Louis apparaissait plusieurs fois. Elle le caressa du doigt. Rien concernant André, alors que ses bulletins étaient tellement élogieux… *Curieux !* Elle compulsa le dossier d'André une fois encore. Puis, elle retourna à la fenêtre, armée du dossier de Louis… qu'elle n'ouvrit même pas : de terribles souvenirs lui revenaient en mémoire. Ce jour de juillet où elle avait appris que des prisonniers de cette prison avaient été abattus place Bellecour. Elle avait pris sa bicyclette pour aller voir si Louis faisait partie des victimes. Elle avait examiné un à un les corps sans vie, et malgré l'horreur, elle avait été soulagée... de ne pas l'y trouver. Elle se releva péniblement et décida de rentrer.

Au professeur d'histoire qui l'attendait en salle des professeurs, elle laissa des remerciements chancelants, et fit une demande : celle d'emporter les pochettes contenant les années de lycée d'André. Et celles de Louis. Assis dans la pénombre devant un paquet de copies, il posa son stylo bille rouge, et se leva en la dévisageant. Il hésitait manifestement entre le risque de perdre ce qu'il considérait comme l'un de ses biens les plus précieux, et l'opportunité de les faire valoir. Céleste inspirait confiance, elle put partir avec les documents dans un cartable de cuir.

En entendant le bruit de la porte d'entrée, Marie descendit rejoindre sa logeuse.

— Vous tombez à point nommé : examinez-moi ces dossiers et dites-moi si quelque chose vous interpelle.

La jeune fille s'exécuta consciencieusement. Elle s'assit et entreprit d'analyser chaque bulletin. Céleste se leva pour se détendre.

— Alors ? questionna-t-elle.

La jeune fille fronça les sourcils et tourna les feuillets un à un. Elle referma le tout et observa :

— Il manque un mois.

La vieille dame s'interrompit et reprit les pochettes. Un vide lui sauta aux yeux : le bulletin de janvier 1943. Son cœur battit la chamade. D'abord, elle ne comprit pas l'importance de l'information, puis elle réalisa que c'était à cette époque que Louis avait passé un long mois à se remettre d'un coup de couteau ! En tremblant, elle saisit le dossier de la dernière année de lycée de son bien-aimé – elle l'avait laissé de côté pour plus tard.

Elle s'immobilisa devant un mot attaché avec un trombone : *arrêté pour cause de Résistance,* et elle compulsa les feuillets en retenant sa respiration. Ces notes ne pouvaient pas être les siennes : certaines dataient de juin 1944, alors que Louis était déjà interné à Montluc. Elle resta sur une chaise, les bras ballants. Le dossier glissa à terre.

Louis avait été arrêté juste avant le baccalauréat, leurs derniers bulletins venaient d'être établis. En reprenant ses esprits, elle réalisa ce que tout cela signifiait. On avait interverti les dossiers !

Chancelante, elle se dirigea vers le téléphone. Elle composa en tremblant le numéro du QG de campagne. André était à Erigea, elle demanda l'adresse et appela un taxi. Une avalanche d'images et d'émotions l'assaillait.

— Le salaud, siffla-t-elle entre ses dents.

Marie la regarda avec étonnement. Ce mot-là, banni de ses pensées de bourgeoise respectable, elle ne l'avait pas prononcé depuis longtemps. L'étudiante eut beau l'interroger, elle n'apprit rien de plus. La vieille dame était hébétée. Et déterminée.

***

Céleste arriva tardivement à Erigea. Comme il n'y avait pas de standardiste, elle attendit que quelqu'un sortît pour passer le sas. Elle prit l'ascenseur jusqu'en haut et chercha le bureau d'André à l'aide des plaques collées sur les bureaux. Elle franchit celui de sa secrétaire et entra sans frapper en laissant la porte grande ouverte.

André se leva précipitamment pour fermer et l'accueillit fraîchement :

— Céleste, qu'est-ce que tu fais ici ? Je vous ai

pourtant dit que je veux laisser mon travail en dehors de...

Elle ne lui permit pas de terminer :

— Tu voulais falsifier ton dossier scolaire pour ta foutue grande école ! Est-ce que c'est pour cela que tu voulais qu'on l'élimine ? Est-ce que c'est pour cela ? martela-t-elle en se retournant vers lui.

Elle avait les deux mains sur le bois verni. Il blêmit, mais se dirigea tranquillement vers sa chaise. Avant de s'asseoir, il répondit froidement en serrant le poing :

— Céleste... Pour qui me prends-tu ? Falsifier mon dossier scolaire ? Tu me crois vraiment capable d'une chose pareille ? Tu sais pourtant que je n'avais pas besoin de cela...

— Tu mens. J'ai vu tes bulletins du collège. Tu n'étais pas loin d'être un cancre. Et, soudainement, au lycée, tu es devenu brillant.

Elle fit de grands gestes et émit un rire nerveux. Il se releva en écarquillant les yeux.

— Enfin, Céleste...

Finalement, il contournait son bureau pour la rejoindre. Elle poursuivit :

— Mais tu n'as pas pensé à tout, André. Dans tes bulletins du lycée, il manquait un mois. Celui où Louis soignait sa blessure ! s'écria-t-elle, hors d'elle-même.

André tripotait sa cravate sans répondre ; il tenta de la raccompagner doucement à la porte en la couvant d'un ton paternel :

— Ma Céleste, je n'aurais pas dû t'entraîner dans ce pari un peu fou, j'en conviens. C'est trop dur pour toi. À force de supporter l'ignominie de mes détracteurs, tu vois le mal partout. Je veux bien discuter avec toi. D'abord, il faut que tu te reposes, nous en reparlerons demain.

Peine perdue : son amie repoussa la main qu'il avait posée sur son bras.

— Je ne te permets pas... Tu as utilisé la mort de Louis, espèce de saligaud !

Alerté par les bruits de voix, Hertzan ouvrit sans bruit la porte dérobée sur le côté. Il resta tétanisé devant l'image de son patron qui secouait Céleste en hurlant :

— La violence, elle était partout ! À peine Louis s'était-il engagé qu'il avait reçu un coup de couteau : la guerre, Céleste, la guerre, elle était partout. On n'avait pas le choix ! Rappelle-toi, on tuait, on massacrait... Et elle, on l'a tuée parce qu'elle a dénoncé Louis ! Souviens-toi, bon Dieu ! Tu le sais bien, toi, que lors de l'épuration après-guerre, la vie n'avait pas le même prix. Autour de nous, toutes ces exécutions, toutes ces humiliations qui saignaient même les plus méritants...

Abasourdi par ces vociférations, Hertzan mit ses mains sur les oreilles et s'enfuit, comme s'il voulait échapper à un malheur qu'il pressentait. Il le savait bien, lui, que cette Céleste était une menace pour Riviere ! Il attrapa sa veste et se réfugia dans sa BX garée sur le parking. Hébété, il demeura prostré un long moment devant son volant. Devait-il remonter protéger son patron ? *Non* : ce dernier lui avait commandé de ne pas se mêler de ses relations avec cette soi-disant amie. *Que faire ?* Soudain, il la vit au loin, probablement que le taxi était bloqué par les barrières ; il saisit son volant avec force. L'image de la détresse Riviere, sonnette d'alarme dans son esprit confus, tendit ses muscles. La clef de contact lança le moteur de sa BX marron, l'accélération propulsa sa colère. Il se trouva en un clin d'œil devant la barrière. À la dernière minute, il dévia sa route, manquant la vieille de quelques centimètres : l'injonction de Riviere lui intimant l'ordre de ne pas s'occuper de ses amis avait déclenché une ultime hésitation. Il passa son badge, Céleste Desmoulins s'éloignait. Il s'arrêta un peu plus loin et tâcha d'ordonner ses pensées. Que savait-il de cette femme qui pourrait la contraindre ? *Marie Moge :* la fille comptait beaucoup à ses yeux. Dans son enregistrement, des conversations indiquaient que Céleste s'inquiétait de l'avenir de l'étudiante, peut-être même davantage que de cette fichue campagne. *Si la fille est menacée, elle deviendra conciliante.* Il appuya sur les touches de son téléphone de voiture ; on décrocha : *Et non, ce n'est pas une de tes copines*, railla-t-il en son for intérieur. Il se concentra sur les façons de procéder de son patron, il fallait qu'il se montrât persuasif.

— Bonjour, Marie Moge, je...

— Mademoiselle Moge, coupa-t-il, vous avez plusieurs jours de retard pour votre rapport.

— Euh, je...

— J'ai essayé de vous défendre auprès des dirigeants de l'association, prétendit-il, mais le directoire ne vous accorde plus aucun délai. Nous sommes très contrariés de votre manque de résultat.

— Mais...

— Tout ce que je peux proposer est que vous veniez vous-même faire valoir votre motivation et cela, dès demain matin. Je viens vous chercher en bas de chez votre logeuse. Soyez là, sinon nous vous demanderons de quitter les lieux.

Marie était prise au piège.

— D'accord, fit-elle sur un ton provocateur.

— Soyez en bas de l'immeuble à huit heures précises.

Il raccrocha et inspira profondément. Il s'en était bien sorti.

***

Marie abandonna le devoir de calcul qu'elle s'apprêtait à recopier bien qu'il restât une question encore irrésolue ; elle s'assit sur le lit, abattue. Au début, elle ne s'en tirait pas trop mal en indiquant qu'il lui fallait du temps pour que la vieille dame lui fît confiance. *Que faire ? Quitter ce logement et rentrer chez sa mère ? Jamais ! Plutôt dormir sous les ponts que de supporter de nouveau sa dictature.* Une demi-heure plus tard, elle entendit des bruits dans l'entrée : Céleste rentrait. Elle réfléchit à ce qu'elle pouvait lui dire, puis elle renonça et sortit de la chambre, agacée : même si elle avait été une oratrice née, ce qui était loin d'être le cas, elle n'aurait pas su trouver les mots qui pourraient justifier sa trahison. *Comment avouer son pacte machiavélique ?* Malheureusement, quand Marie arriva en bas des escaliers, Céleste s'était retirée. La jeune fille resta un moment en bas des marches ; elle s'ingénia à délimiter le motif du tapis indien. Puis, elle leva le menton en défiant la statue surmontant le linteau de la chambre de sa logeuse : il lui semblait qu'enfin, elle avait le courage de lui parler… Elle se tint l'oreille aux aguets… et se figea en entendant des gémissements, Céleste sanglotait. Désorientée, Marie se dirigea à la cuisine. Elle prépara une omelette, avec des croûtons et des lardons, comme elles le faisaient parfois quand elles cuisinaient ensemble.

Elle finit par la manger seule et remonta dans sa chambre, les épaules basses : la vieille dame ne donnait plus signe de vie.

***

20 h 30

Nathanaël resta un moment pensif devant le mur de son entrée. Ses posters enchaînaient sans vergogne des styles éclectiques : une affiche de Rambo, suivie de celle de Delicatessen ; sur un autre mur s'étalait l'annonce d'une course de chiens de traîneau qui avait eu lieu deux ans auparavant dans les montagnes de sa grand-mère. Ses clefs résonnèrent sur le métal de sa table. Sur son répondeur, il trouva une invitation de ses parents à venir « manger à la maison ».

Ce soir-là, il était censé soutenir un meeting organisé par Riviere. Il ôta sa large cravate colorée : ils se passeraient de lui ! Ébranlé plus qu'il ne l'aurait cru par le procès improvisé qu'il avait subi chez Erigea, le jeune politicien décida qu'il répondrait absent pour une fois.

Une demi-heure plus tard, en tournant la clef dans la serrure de l'appartement croix-roussien, il sentit ses épaules tomber. Ici, il était en terrain neutre : pas besoin de jouer un personnage, de flatter. Il laissa glisser son sac devant les pierres jointées de l'entrée, son regard posé sur le losange du tapis rouge du salon. Il l'avait toujours aimé ce tapis ; il le trouvait moderne, « classe » aurait-il dit à ses copains. Ses parents le rejoignirent ; ils passèrent directement à table.

— Alors, où en es-tu ? demanda sa mère, impatiente.

Ses petits yeux fatigués se perdaient sous un front qui commençait à se rider.

Prudemment, le jeune homme parla de son rapport de stage ; d'ailleurs, il fallait qu'il s'y attelât, il ne lui restait même pas une semaine pour finir de le rédiger.

Son père n'était pas dupe :

— Tu as encore le temps avec la liste du Grand patron d'Erigea… comment s'appelle-t-il déjà ?

— Riviere.

— Ah oui, Riviere, c'est ça… le despote.

Nathanaël se renfrogna ; son père poursuivit, il était tard, il avait faim, il ne l'épargnerait pas. Il renchérit :

— Un conseil : ne compte pas trop sur cette campagne, mets-toi sur ton rapport de stage, et vite ! Ton diplôme sera ta seule et unique carte de visite dans le monde du travail. La campagne, cela deviendra une expérience divertissante sur ton CV.

L'étudiant sursauta : *une expérience ?* Le buste avancé, il lui parla de *la Politique*, celle qui agissait, si l'on s'en donnait la peine. Courbé sur sa chaise, son père se montrait sceptique.

— Nath, tu y crois, génial. Mais il faut regarder la vérité en face : tu n'y auras pas accès à tout ça…

— De quel droit…

Le jeune homme jeta sa serviette sur la table et se leva brusquement.

— Riviere ne te laissera pas exercer la politique, avança son père, bien que sa mère le retînt par le bras en signe d'apaisement. Chez Erigea, on m'a parlé de personnages inaccessibles et hautains. On ne les voit quasi jamais, pourtant ils sont aux postes les plus haut placés. Et je ne te parle pas de tous leurs privilèges. Par exemple, il paraît qu'ils ont droit à une salle à part au restaurant d'entreprise. Une fois dans la queue de la cantine, j'ai entendu quelque chose de bizarre…

— Comment tu sais tout cela ? Comment ça, la queue ? Qu'est-ce que tu fichais là-bas ? Tu m'espionnais ? s'emporta Nathanaël.

Son père passa la main dans ses cheveux gras et se

racla la gorge. Il avoua qu'il avait eu un entretien avorté… parce que le grand patron pratiquait une étrange discrimination. Il avait donc mené son enquête. Il précisa :

— Dans la queue de la cantine donc, ces vieux parlaient d'un groupe, d'un mouvement qui les défendrait, ou je ne sais pas trop quoi… Après coup, d'ailleurs, je me suis même demandé si ce regroupement ne viendrait pas de l'extérieur de la société.

Nathanaël se rassit, son père poursuivit, les yeux dans le vague :

— Je voulais écrire une pige pour Jeudi Lyon un article qui s'intitulait : *Les francs-maçons des temps modernes*. Mais il paraît que l'hebdo a fermé. Étrange, n'est-ce pas ? Pas très longtemps après qu'il a critiqué Riviere qui retournait sa veste avec son projet de lutte contre l'insécurité.

L'étudiant était troublé.

Avant de partir néanmoins, il tint à lui dire qu'il avait trouvé sa voie et qu'il creuserait son chemin, coûte que coûte. Les deux hommes s'affrontèrent de nouveau ; le combat laissa un sourire fier sur le visage paternel.

En rentrant, le jeune politicien regarda le dernier discours de François Mitterrand en tant que président. Sa minuscule télévision diffusait en noir et blanc les étapes d'un voyage officiel à Moscou ; malgré la récente défaite du socialiste Jospin, le président gardait son panache. Les socialistes restaient crédibles, rien n'était joué : les élections municipales du mois prochain pouvaient tourner à leur avantage. À son avantage… Nathanaël s'endormit rasséréné. Il se réveilla en pleine nuit, une question émergeait : *Ces francs-maçons des temps modernes* – comme disait son père –, *ce pouvoir clandestin qui entoure Riviere comme un cordon de sécurité,* et si c'était cette fameuse Ligue qu'il n'a pas réussi à percer ? Il se leva pour réfléchir. Ses yeux tombèrent sur le porte-clés en forme de E, dont le trait supérieur s'élançait comme la flèche d'une grue, emblème d'Erigea. Il posa brutalement le verre qu'il avait à la main : *La Ligue a forcément besoin de fonds...* Et si Riviere, le grand patron d'Erigea, était leur généreux donateur ? En une seconde, il prit sa décision : il irait jeter un œil dans les dossiers du service comptable. Dehors, le jour se levait déjà ; il fallait faire vite. Heureusement, son studio se situait dans un quartier de Lyon proche de son ancienne entreprise.

Il put pénétrer dans les locaux d'Erigea sans encombre : par chance, lorsqu'il avait quitté la société, on ne lui avait pas demandé de rendre le badge qui ouvrait la porte de derrière. Personne ne s'étonna de le rencontrer dans les couloirs à cette heure-ci. Chez Erigea, certains venaient tôt au travail, pensant peut-être que leur abnégation serait reconnue un jour. En revanche, il savait que le bureau des comptables serait vide jusqu'à 8 h 30. Pas de risque non plus de croiser ses ex-collègues : ils faisaient aussi partie du second wagon d'arrivées.

Il arriva à la comptabilité et appuya sur la poignée de la porte... Heureusement, le bureau était ouvert ! Il pénétra à l'intérieur. 7 h 02 : il fallait faire vite. Des pas dans le couloir le firent sursauter. Il se baissa : on aurait pu le distinguer à travers les vitres teintées ; les bruits s'estompèrent, il reprit avec frénésie. La plupart des documents étaient enfermés ; il repéra des clefs dans un pot à crayon et au fond d'un tiroir. Il ouvrit les placards et chercha la lettre L parmi les fournisseurs tout en pensant que si quelqu'un entrait, il aurait du mal à se justifier. Rien : *La Ligue* ne figurait nulle part. Au bout de trois quarts d'heure de recherches, il dénicha un classeur dépareillé portant le titre *Fournisseurs divers*. Enfin, il y découvrit quatre factures de La Ligue. Très sobres, trop sobres d'ailleurs pour ne pas être suspectes. Elles comportaient les mêmes montants : 30 000 francs, et un même libellé : *Honoraires*. Il nota l'adresse et le numéro de RCS sur un bout de papier et chercha d'autres informations. Il ne trouva aucun justificatif. Une signature, toujours la même, validait les *bons à payer*. Il la reconnut… C'était celle de Riviere. Était-ce lui qui paraphait d'ordinaire les factures ? Fébrilement, l'ancien stagiaire consulta les autres factures. Très peu portaient la griffe du grand patron. Riviere le décevait : il risquait gros. Tout ça pour un réseau internet de vieux ?

Maintenant, Nathanaël avait un moyen de pression lui permettant de prendre sa véritable place. Il attendrait que le conseil municipal se constituât, et il passerait à l'action.

12. Le point de non-retour

8 h 06

Hertzan aperçut Marie Moge qui s'avançait vers lui en traînant les pieds. Il consulta sa montre, elle était à l'heure, il sourit en son for intérieur et lui ouvrit la portière de sa voiture sans faire de commentaire. Elle évita son regard et s'assit à l'intérieur sans réticence. Ils descendirent les Esses de la Croix-Rousse, traversèrent la Saône et remontèrent en direction du nord – jusque-là, rien d'étonnant : ils prenaient plus ou moins la direction du Hameau. Cependant, plutôt que de se diriger vers les Monts d'Or, Hertzan emprunta un pont à voie unique. L'antique pont suspendu menait à l'île Barbe, il soupira d'aise en se garant. Il se sentait en terrain connu.

— Voilà, c'est ici, annonça-t-il en sortant du véhicule.

L'endroit était incongru ; cependant, la jeune fille le suivit docilement. Ils passèrent devant une auberge accueillante. Les portes et les volets de bois affichaient un rouge chaleureux et des canapés disposés à l'entrée offraient le moelleux de leurs coussins à leurs clients. Le soleil matinal réchauffait les galets blancs. Marie marquait maintenant son étonnement en apercevant, à quelques centaines de mètres devant eux, au bout du chemin rectiligne, une bâtisse monumentale : avec ses deux tours, le bâtiment ressemblait presque à un château. Il comportait deux étages. Au premier, de larges portes-fenêtres surmontées d'un linteau arqué étaient protégées par des balcons maçonnés. Au-dessus, une coursive était couverte d'un toit peu pentu. Hertzan patienta, il parla du propriétaire du Hameau, soi-disant originaire d'ici.

— Il est rarement là, c'est comme son... – *repère,* aurait-il voulu dire – c'est son bureau personnel, essaya-t-il.

Comme elle hésitait, il la pressa.

— Il nous attend.

Commence-t-elle à se douter de quelque chose ? Il n'insista pas et avança en relevant la tête. Elle tressaillit quand il sortit un jeu de clefs maintenu par un anneau métallique, dont une longue clef d'un modèle très ancien. Il se mit en retrait pour la laisser passer.

— Après vous, mademoiselle, formula-t-il sur un ton doucereux.

Elle entra.

Devant elle, se déployait un couloir sombre et poussiéreux. Cette fois-ci, elle s'arrêta net pour opérer un demi-tour, mais il refermait déjà la porte et verrouillait son poignet pour l'entraîner vers l'escalier.

La fille hurla, Hertzan la traîna et réussit à la faire monter ; elle se débattit : l'ascension lui parut interminable. Arrivé en haut, il se protégea à peine des coups qui pleuvaient sur lui.

En le découvrant chez eux, les gamins n'avaient pas cherché à le faire fuir ou à établir le bilan de ce qu'il avait volé. Ils avaient frappé, chacun à leur tour. Il se souvint de leurs rires lorsqu'il avait essayé de se relever. Le juge pour enfant, jeune adulte balbutiant, lui avait collé une étiquette : délinquant. Au début, il n'avait pas compris ce que cela voulait dire. Il s'était rendu compte un peu plus tard qu'il avait quitté la vie normale. Pour toujours.

Un dernier effort : il s'arc-bouta et la jeta dans la pièce. Elle tomba face contre terre ; il rabattit la porte et tourna précipitamment la clef de la serrure. La jeune fille continua à s'égosiller en tambourinant sur la porte.

— Il est inutile de crier, on ne vous entendra pas, précisa-t-il alors qu'elle reprenait son souffle.

— Pourquoi ? Pourquoi faites-vous cela ? sanglota-t-elle.

Il ne répondit pas, il songeait à la frousse qu'il allait flanquer à la vieille pie. Il était conscient qu'il était en train de dépasser les bornes et qu'il risquait la prison. Mais son patron, lui, ne risquait plus rien maintenant, il se sacrifiait pour lui. Son visage affichait un rictus de contentement quand il s'éloigna de l'île sans le moindre remords.

***

9 h 50

Riviere entra en trombe dans son bureau. Hertzan n'était toujours pas arrivé : quelle guigne ! Il devrait animer le comité de direction sans lui. À la satisfaction générale, il avait dû lâcher les rênes d'Erigea ; il tenait cependant à présider ces réunions, d'autant plus qu'il n'avait pas annoncé aux patrons américains qu'il serait bientôt maire. Il s'assit à sa table de travail afin de prendre connaissance de l'ordre du jour. La présence de son adjoint lui aurait facilité les choses : il avait remarqué que ses directeurs s'aventuraient moins dans des développements ténébreux lorsqu'il était là, probablement parce qu'il était muet comme une tombe.

Les cadres d'Erigea n'avaient pas encore saisi que, ce qu'ils prenaient pour une force de caractère chez lui, était une absence extrême d'émotion. Parfois d'ailleurs, Riviere s'en inquiétait, même si cette prédisposition le servait. Quels que soient les évènements, les réflexions de son compagnon étaient indemnes de tout sentiment. Soutien idéal pour celui qui menait une barque monoplace vers de grandes ambitions. *Voyons, à l'ordre du jour, il y a...* : le sexagénaire plissa les yeux sur le texte, pourtant grossi par sa secrétaire. Il faudrait qu'il demande une typographie plus grosse. Au menu de cette réunion, figurait donc un carnet de commande trop plein qui nécessiterait peut-être l'extension d'une usine, et augurait la visite d'un contrôleur fiscal. Celui-ci vérifierait que les capitaux ne s'évadaient pas vers la maison mère américaine. D'ordinaire, pour ce genre de sujets épineux, l'homme d'affaires aurait exigé de ses collaborateurs un travail préliminaire avec lui, sur la fin d'après-midi – largement tirée vers le début de soirée. Souvent, il se délectait du moment où la compagne, agacée, téléphonait pour demander s'il fallait attendre pour le dîner. Là, il savourait sa liberté ; lui n'avait pas d'obligation familiale.

Finalement, Riviere expédia le comité qui se déroula sans son adjoint. Ce dernier frappa peu après à la porte sur le côté. Le patron baissa les yeux et serra les poings ; l'autre déclara avec une désinvolture inhabituelle :

— C'est réglé.

Il s'assit en attendant une réaction. D'abord, Riviere ne répondit pas. Puis, il ouvrit des yeux agacés :

— Qu'est-ce qui est réglé ?

— J'ai fait ce qui fallait pour que Céleste Desmoulins ne parle pas.

Riviere se souleva de son siège, qui s'échappa, et dut

se retenir au plateau de bois verni.

— Bon Dieu, pour qu'elle ne parle pas de quoi ?

— J'étais là lorsqu'elle vous a menacé. Je me fous de savoir ce qui s'est passé quand vous étiez jeune. Mais j'ai bien vu qu'elle risquait de tout faire capoter à moins d'un mois de vos élections, répliqua-t-il.

Hertzan avait un air déterminé. Riviere ferma les yeux et se frappa le front.

Certes, il devait encore parer l'impertinence de Céleste, mais il s'était bien remis de l'accusation de « collabo » : le slogan d'Hervé *Avec Riviere, tout coule de source* lui avait finalement permis de s'assurer de nouvelles sympathies et Nathanaël lui avait apporté la jeune génération sur un plateau.

Et il doutait fort de la capacité d'Hertzan à pouvoir faire preuve de la finesse nécessaire pour traiter ce cas-là…

— Écoute-moi bien. Je te donne l'ordre de ne pas intervenir dans tout ce qui touche de près ou de loin à la campagne, ordonna-t-il d'une voix blanche. Okay ?

Son compagnon se décomposa et se leva précipitamment ; il ouvrit les mains vers lui.

— Je ne comprends pas, Monsieur Riviere. Je vous ai fait écouter ce qu'elle complotait et vous n'avez rien fait. J'avais bien raison pourtant…

Incroyable, il osait lui tenir tête !

— Sujet clos, articula son patron avec force.

Hertzan recula de quelques pas et resta un moment planté au beau milieu de la pièce, lugubre, comme si on venait de lui annoncer un diagnostic désespéré. Si son mentor ne le pensait plus capable d'assurer ses arrières, alors il n'était plus rien ; il sortit. En atteignant son bureau, un éclair de lucidité le traversa et il fit volte-face : *que faire de la fille maintenant ?* Il avait besoin de Riviere pour décider quand il la libérait. Et il voulait lui dire qu'il assumerait tout. Ça le ferait peut-être changer d'avis. Mais son patron était déjà retourné à sa campagne… C'était une fois de trop, le vide du bureau assaillit son assistant, l'indifférence du grand homme perça sa carapace et l'atteignit au cœur.

La mort dans l'âme, il poursuivit, à sa façon : quelques jours auparavant, le maraud avait posé des « bretelles analogiques » sur les fils de cuivre de la ligne de la vieille dame. L'opération était compliquée, mais au fil des années, il avait acquis un certain coup de main. Il passa par le parc qui jouxtait la propriété et rapporta la précieuse cassette sans encombre. Une fois analysé, l'enregistrement le conforta d'abord dans sa décision de garder la fille : l'étudiante confiait à une amie son ressentiment vis-à-vis de sa mère. « Je la hais, je voudrais qu'elle me lâche », avait-elle conclu dans sa conversation téléphonique, en décrivant ses indélicatesses lors d'un repas de famille. *La petite peste, si elle savait vraiment ce que cela veut dire, l'absence d'une mère*, pensa l'orphelin en serrant les dents.

Les dernières minutes de l'enregistrement lui indiquèrent que ses mises en garde du matin n'avaient pas suffi : Hertzan retourna chez Céleste Desmoulins pour lui déverser de nouvelles menaces chargées de toute la colère qu'il avait contenue depuis si longtemps. Puis, il roula jusqu'au restaurant chinois situé en bas de chez lui, tant pis pour les kilomètres. Le service était terminé mais il pouvait encore acheter des produits à emporter. Il s'avança vers la banque réfrigérée. Derrière le commerçant, trônait un tableau doré représentant un animal. Le quinquagénaire n'avait jamais cherché à savoir ce qu'il symbolisait. Il fut bien accueilli, comme toujours : dans le quartier, de nombreux commerçants auraient juré la main sur le cœur qu'Hertzan était un citoyen honorable. Ce qui n'était pas le cas à Erigea en revanche : là-bas, on le craignait, quand on ne le haïssait pas.

Il demanda deux parts de canard laqué.

— Vous me mettrez aussi un peu de gingembre confit.

On va garder un peu la gamine en attendant, estimat-il.

13. Jeudi 11 mai 95, dépôt des listes municipales

Lorsque Céleste se réveilla le lendemain, elle ne comprit pas tout de suite pourquoi elle se trouvait à l'intérieur d'une chambre d'hôpital. D'abord indécise, la vieille dame s'assit brusquement :

— Il m'a dit qu'il fallait que j'arrête de faire ma mijaurée… souffla-t-elle, le regard dans le vide.

Elle aperçut Marius qui s'était endormi à côté d'elle.

— André s'est joué de nous : il a pris Marie, ajouta-t-elle en s'agrippant à son bras.

Son ami sursauta ; il parvint à serrer sa main malgré son agitation et se leva :

— Céleste, enfin. Que je suis content… murmura-t-il.

— Tout ce qu'il veut, c'est gagner ses foutues élections. Le gars des eaux, hier, il m'a menacé, deux fois… André… C'est… un salaud ! déversa-t-elle en éclatant en sanglot sur son épaule.

— De qui tu parles ? s'enquit doucement le sexagénaire.

Elle soupira :

— L'employé des eaux, enfin… celui qui se faisait passer pour un employé des eaux, il s'est assis dans le fauteuil Henri IV, gémit-elle.

Pour elle, cet acte était de l'ordre de la profanation : elle fit une grimace quand elle vit Marius afficher un sourire moqueur.

— … J'ai eu très peur, insista-t-elle en s'appuyant

sur son bras. Je lui ai demandé ce qu'il voulait. Il m'a répondu… qu'il fallait que je me taise au sujet de nous et André, que, sinon, il arriverait malheur à Marie.

— Comment avons-nous pu être aveugles à ce point-là ? Nous avons été manipulés. André s'est joué de nous, répéta-t-elle en lui prenant les mains :

— Pourquoi dis-tu cela ? Céleste, de quoi parles-tu ? s'inquiéta son ami.

— J'ai vu son dossier scolaire. Il est falsifié, falsifié, tu m'entends ?

Elle haussait la voix. Elle poursuivit :

— André a profité de la disparition de la directrice afin de subtiliser ses propres bulletins et les remplacer par… ceux… de Louis.

Marius ne répondit rien. Il commençait à comprendre qu'il se passait quelque chose de grave. Elle baissa la tête et conclut :

— Et maintenant, il a pris Marie. Pour que son ignoble stratagème ne soit pas divulgué.

Marius mit ses mains autour de la bouche, comme pour retenir un râle. Céleste l'implora faiblement, les murs de la chambre aseptisée l'enserraient :

— Marius, ce n'est pas le moment de flancher.

Marius se pencha vers Céleste, puis il baisa ses mains et s'éloigna. Il promit d'agir.

***

Riviere attendait Henri depuis une heure à son domicile quand il reçut un appel : « J'ai dû emmener ma fille à l'hôpital », s'excusa son chauffeur. Riviere s'étonna qu'il eût une fille, puis il ordonna par téléphone à Carole d'apporter un bouquet à la convalescente. Il se rendit au QG à pied, fait exceptionnel. En arrivant derrière le Monoprix, il ralentit. Ici se trouvait jusqu'après-guerre une gare de marchandises, centre de ses aventures d'adolescent. André se remémora les cigarettes qu'il avait partagées, clandestinement, avec quelques amis, dont un fils de cheminot qui connaissait les combines pour y accéder. Il en avait fait du chemin depuis ce temps. Cependant… il aurait pu aussi prendre une autre voie.

Quand il pénétra dans son QG, il aperçut la porte de son bureau ouverte. Il vit que des ennuis se préparaient : Marius l'attendait, il tournait vers lui un regard acéré. Riviere le jaugea, il y avait aussi dans son visage un désarroi marqué par un front barré de rides contractées et des mains posées ouvertes sur ses genoux.

— Marius, je n'ai pas le temps de discuter avec toi aujourd'hui. Tu as fait du bon boulot...

— Il ne s'agit pas de mon éviction de la liste, même si je trouve que ta décision est blessante.

Il se dressa et il déversa sa rage :

— Tu as profité de la mort de Louis pour ta réussite. Jamais je ne te le pardonnerai !

Un filet de bave coulait de ses canines ; Riviere lâcha précipitamment le récépissé du reçu de la préfecture qui portait le nom de sa liste : *Retrouver notre Croix-Rousse.*

— Un problème, monsieur Riviere ?

— Laissez Bénédicte, laissez… ordonna-t-il à sa secrétaire de campagne en se levant pour fermer la porte.

Dommage qu'au QG il ne dispose pas d'une porte capitonnée, pensa-t-il, regrettant une fois encore le confort de son bureau à Erigea.

— Et dire que tu nous as fait avaler que la directrice devait mourir en représailles. Tout ça pour chouraver les bulletins de Louis ! renchérit Marius, hors de lui.

Et de deux, songea André en encaissant le coup en silence ; il regretta d'avoir recontacté Marius et Céleste. L'idée de les enrôler pour mieux les surveiller était un fiasco.

Marius reprenait :

— Et maintenant, tu séquestres une gamine pour que nous nous taisions. Tu veux que je te dise, André, tu me dégoûtes, tu me dégoûtes !

De quoi parle-t-il ? De quelle gamine ? André se souvint des paroles d'Hertzan. Que lui avait-il concocté, le bougre ? *Qu'a-t-il donc pu « régler » cette fois-ci ?* Bien qu'il connût le tempérament sanguin de Marius, il ne se laissa pas démonter :

— Nous avons aujourd'hui la possibilité d'amener la Croix-Rousse à respecter les anciens que nous sommes : je suis sûr que tout le monde va y gagner et je ne veux pas que Céleste saborde notre projet. Pour la fille, je vais m'en occuper. Hertzan a dû lui faire peur, voilà tout.

— Tu te fiches de moi, André. Libère la fille ou nous irons voir la police.

André se racla la gorge ; il se résolut à éclaircir la situation :

— D'abord, de quelle fille s'agit-il ?

— Ne joue pas au plus fin ; tu as envoyé ton larbin pour menacer Céleste de parler…

— Au nom de notre amitié, je vous demande, à Céleste et à toi, un peu de dignité et du respect pour vos engagements !

Marius claquait la porte, André décrocha son combiné pour téléphoner à Hertzan. La sonnerie se prolongeait, il raccrocha. Il s'était trompé. Son homme de main n'était pas si fidèle qu'il voulait le faire paraître. Ne lui avait-il pas ordonné de ne pas s'approcher de Céleste ?

Renseignement pris, il sut qu'il ne s'était pas présenté à Erigea. *Inquiétant.* Il appela à son domicile, laissa un message incendiaire, essaya son téléphone de voiture : rien à faire. Instinctivement, il tourna la tête vers la gauche, mais le portrait d'Hector Riviere n'était pas là. André se prit la tête entre les mains… On célébrait la Libération, et lui, il risquait que son sordide arrangement avec la mort fût exhumé de ces cendres. Curieux retour de sort. *L'histoire se renouvelle. La guerre l'empêchera lui aussi de servir l'avenir de la Croix-Rousse.* Il se souvint du déshonneur de son père, pressenti maire en septembre 1944, ses amis s'étant brusquement détournés de lui. André, alors bachelier, s'apprêtait à intégrer une grande école grâce à l'un d'eux ; son père lui avait fait savoir qu'il ne pourrait plus compter sur lui. À cela s'ajoutait le fait que la directrice de son école avait refusé de lui produire une lettre de recommandation, la situation était devenue critique. À cette époque, les procès sommaires s'enchaînaient : à la barbarie des nazis succédait celle de l'épuration. Quand il avait appris la mort de Louis deux semaines plus tard, André avait voulu faire payer celle qui avait dénoncé aux nazis un membre actif de son comité. Puis, cette vengeance s'était transformée presque malgré lui… en opportunité. Son acte ne serait qu'une vague scélérate de plus qui éteindrait l'injustice de la mort d'un résistant et permettrait que la famille Riviere retrouvât son honneur à travers un diplôme et une carrière.

De la nouvelle directrice, il avait obtenu une lettre de

recommandation auréolée de notes exemplaires. Et, l'illusion d'un départ mérité vers sa destinée.

***

Pendant la journée qui suivit son enlèvement, Marie réussit à tromper sa peur en étudiant avec soin le maigre contenu de la pièce. Il s'agissait d'une chambre, exiguë, disposant d'un lit en son milieu. Probablement celle d'une bonne : dans un coffre en bois, elle trouva des tabliers empesés, agrémentés de broderies entrelacées sur les poches et sur le carré porté sur la poitrine. De fines bretelles glissaient des épaules à la taille, où elles récupéraient le bas du carré grâce à deux passants, avant d'être nouées dans le dos. Le système était ingénieux. La jeune fille examina ensuite avec soin les deux montants métalliques du lit : ils étaient si solidement soudés au sommier qu'elle ne parviendrait pas à les extraire pour en faire une arme. Le matelas, épais, était recouvert d'un drap râpeux et d'un couvre-lit en laine ajouré.

Puis, elle s'obligea à établir froidement le bilan de la situation. *Qu'est-ce qu'il se cache derrière le contrat qu'elle a signé avec son bourreau ?* Elle ne comprenait toujours pas pourquoi il l'avait conduite jusqu'ici. Au moins avait-elle écarté l'hypothèse d'une déviance sexuelle : à aucun moment, il n'avait cherché à l'approcher. Mais elle n'avait pas obtenu la moindre information de l'ogre – elle l'avait surnommé ainsi en se disant qu'il n'allait quand même pas la manger – : il refusait toujours de lui dire les raisons de son enlèvement. Le jour lui parut soudain à la fois interminable et hors du temps. Tapie dans un coin, elle sentit enfler en elle un sentiment de panique… quand la nuit s'annonça. Elle s'assit en face de la fenêtre pour mieux capter les lueurs vacillantes du soleil. Il lui sembla que son regard sombrait. Des tâches apparaissaient. C'était un peu comme si elle ne parvenait plus à faire la mise au point. Son cœur se mit à battre plus fort et ses mains devinrent moites. Ses mains… qu'elle n'avait pu laver que deux fois ce jour-là. Ce soir, Hertzan avait remplacé l'eau par une bouteille de vin. Elle avait immédiatement versé un peu d'alcool sur ses mains souillées. *Est-ce que ce traitement suffira pour tuer les bactéries qui courent sur sa peau ?* À cette évocation, sa respiration devint difficile et son corps se mit à trembler. Affolée, elle se dit qu'elle ne pourrait pas vivre cette angoisse une journée de plus. Ou bien qu'elle mourrait d'une maladie due à son manque d'hygiène. Elle hocha compulsivement le buste, oscillant sans retenue. Puis, elle se leva, elle attrapa la bouteille, elle faillit verser le liquide sur ses mains lorsque la soif qui la tenaillait la lui fit reposer. Elle se mit alors à taper sur les murs, puis elle s'effondra, essoufflée. *Il faut se calmer.* Elle mit ses mains autour du nez et se força à respirer profondément. Elle n'avait pas le choix. Il fallait tenir le coup. Pour s'occuper l'esprit, elle s'astreignit encore, jusqu'à épuisement, à scruter dans la pénombre chacun des objets qu'elle avait trouvés, en analysant toutes les combinaisons possibles. Il fallait qu'elle les transformât en arme ou en outil. Puis, elle se remémora les paroles de Céleste, qui s'étaient faites douces, pour l'exhorter à combattre sa compulsion démesurée : « Je suis certaine que ce n'est pas toi, Marie, qui déclenche ces lavements répétés : toi, tu es brillante, tu es cartésienne jusqu'au bout des ongles. Mais tu as un mauvais déclic dans la tête, je voudrais t'aider à le casser. » La jeune fille avait accepté la main tendue. À partir de ce jour-là, Céleste avait évoqué avec humour ses « envahisseurs » qu'il fallait ignorer. L'étudiante s'était prise au jeu, elle avait progressé ces derniers temps. Marie finit par saisir la bouteille, tremblante. Elle but au goulot. Cette fois-ci, elle ne laissa pas une goutte sur ses mains.

À la nuit noire, elle s'allongea sur des cartons en se couvrant d'un tissu grossier. Le froid la réveilla peu de temps après et se mit à la tourmenter. Elle s'était recroquevillée en vain sous l'étoffe qui ne pouvait pas recouvrir à la fois ses épaules et le bas de son dos. Ses mains étaient gelées et une sensation glaciale s'installa au niveau de ses reins. Il lui sembla qu'un frisson s'immisçait à l'intérieur de chacune de ses cellules et qu'elle ne parviendrait plus à se réchauffer. En milieu d'après-midi, elle avait cassé le carreau de la vitre inamovible pour aérer, car l'odeur de son urine était insoutenable ; elle maudit cette décision impulsive et déraisonnable. Elle se mit à gémir, puis, malgré la fatigue, elle s'obligea à bouger dans l'espace réduit de la pièce.

***

Campé sur le marché de son fief électoral, avec son écharpe rose autour du cou, Nathanaël mettait toute son énergie à capter le regard des passants pour leur remettre son tract et leur servir l'argument qui ferait mouche.

Il était arrivé tôt le matin et avait assisté à l'installation : les étals s'étaient chargés de piles harmonieuses et colorées ; les vendeurs avaient affiché leur meilleur sourire. Et progressivement, les files d'attente et les paniers s'étaient alourdis.

Les bousculades, inévitables, permettaient à une jeune maman portant tresse et pantalon en lin, de rencontrer un monsieur au polo impeccable. Ici, tous les styles étaient permis. Disponible, spirituel, Nathanaël abordait ses concitoyens avec ingéniosité. Le nom de leur liste fonctionnait plutôt bien : *Retrouver notre Croix-Rousse* faisait référence à son histoire riche en rébellions et savoir-faire. Il évoquait la révolte des canuts et le métier à tisser, tout un programme pour des habitants fiers de leur insularité dans la grande ville de Lyon. Et le jeune politicien récolta de nombreuses anecdotes.

Cependant, depuis qu'il avait découvert le lien entre la Ligue et Erigea, il hésitait à dénoncer Riviere pour *abus de biens sociaux* (le fameux *ABS* qui, épisodiquement, agitait les milieux des affaires, pour peu qu'un subalterne plus courageux que les autres passât aux actes). Un commentaire acide d'un opposant le ramena à sa colère. *Ah le scélérat !* Il ne perdait rien pour attendre… Plus qu'un mois avant les élections.

À 13 heures, Nathanaël tendait encore le bras lorsque les éboueurs commencèrent le nettoyage du large trottoir au jet d'eau. Il se résigna à quitter le Boulevard de la Croix-Rousse. Il passa par sa boulangerie de prédilection et se rendit au domicile de ses parents, car il devait téléphoner à Marius Chatelard : la veille, il avait été témoin d'une altercation entre lui et Riviere au QG ; il voulait tirer cela au clair, et son portable commençait à lui coûter cher en communication. En pénétrant dans l'appartement, il entendit des bruits de voix. Sa mère était là, en conversation avec une amie dans le salon. Elle lui adressa un clin d'œil souriant, auquel il répondit par un signe de la main et il se dirigea vers le bureau. Il parvint à joindre Marius, chez Céleste depuis son retour de l'hôpital.

De longs silences émaillèrent leur échange et Marius lui opposa une voix chevrotante qu'il ne lui connaissait pas ; il siffla enfin entre ses dents :

— Il faut que tu saches qu'André n'est pas un type bien.

Décontenancé, le jeune colistier questionna :

— Comment cela ?

Marius finit par articuler distinctement, comme s'il fournissait un effort pour reprendre ses esprits :

— Il… a… tué une personne, par intérêt. Même pas pour punir ou pour se battre pour son pays, non, par mesquinerie ! En faisant cela, il a sali la Résistance.

Nathanaël n'obtint pas plus d'explications, le vieil homme était manifestement très ému, il lui proposa de se retrouver pour en parler. Ils convinrent d'un lieu de rendez-vous dans un bar à l'écart, sur les quais de Saône.

Lorsque l'étudiant traversa le salon, sa mère lui demanda avec inquiétude si tout allait bien. Il ne l'entendit pas. Alors qu'il passait la porte d'entrée – sans la madeleine qui lui tendait les bras depuis la table basse du salon –, elle le rattrapa :

— Tu dînes avec nous ce soir ?

Ce soir-là, il devait se rendre à un pot donné par une association fondant une crèche parentale. Nathanaël prenait toutes les missions qu'on lui confiait, en rongeant son frein… et en les acquittant à sa manière. Il irait boire un rapide « dernier verre » là-bas en tant que digne représentant de sa liste électorale – en se gardant bien d'en développer le programme, totalement incompatible avec les visées de la structure en question. Sa mère attendait la réponse, il accepta évasivement.

Ébranlé par ce qu'il venait d'entendre, il fit une halte sur un banc pour réfléchir. *Qui est cet homme ténébreux aux nerfs d'acier ? Un assassin ? Vraiment ?*

Pour la première fois, il eut besoin de se remémorer la tribune qui l'avait ému six mois auparavant, afin de se persuader qu'il avait fait le bon choix en se lançant en politique. *D'abord silencieuse, la foule avait vrombi et s'était laissé aller à un tonnerre d'applaudissements ; il avait alors éprouvé une irrésistible envie de monter sur la scène, de leur dire que lui, Nathanaël Payin, armé de leur confiance, il pourrait lui aussi changer le cours des choses.*

Nathanaël consulta sa montre, il était temps de se rendre à son rendez-vous. Il rejoignit le boulevard en évitant instinctivement le QG et commença à le descendre.

Il ne remarqua pas l'éboueur qui lui emboîta le pas.

De l'autre côté de la chaussée, le trottoir était quasi nettoyé de l'effervescence du marché. Construite à la place de fortifications, l'artère, large et austère, devenait une promenade grâce à l'ombre de ses platanes. Il pensa à son père qui s'extasiait souvent devant la richesse de ses immeubles, alliant sobriété au nord, du côté de leur arrondissement, et distinction au sud : le trottoir opposé appartenait au 1er arrondissement, et certaines constructions étaient, elles, enrichies de pierres de tailles et de sculptures. *Trêves de rêveries* : l'étudiant atteignit rapidement le Clos Jouve, d'un pas quasi militaire, une impatience nerveuse le poussant en avant.

Le boulevard prenait fin dans un virage brutal : Nathanaël s'enfonça alors dans l'ombre végétale du haut des Balmes, pour couper via la Montée Hoche.

Mais une voix forte l'immobilisa sur place :

— Payin !

Il se retourna, étonné. Un éboueur descendait vers lui. Quand ce dernier arriva à proximité, il sortit soudain un revolver et, les sourcils froncés et les pupilles contractées, il ordonna :

— Avancez tranquillement dans les escaliers et n'essayez pas de m'échapper !

Nathanaël balaya les alentours du regard : deux murs l'enserraient. S'il se mettait à courir, il ne pourrait pas éviter les tirs. Il obtempéra : l'autre semblait déterminé.

— Que me voulez-vous ? demanda-t-il, la gorge sèche.

Son interlocuteur ne répondit pas et désigna les escaliers. Le jeune homme prit les petites marches deux à deux, en longeant le mur, pour le surveiller d'un œil. L'éboueur s'essoufflait et boitait. Il lui ordonna de ralentir. Ils étaient seuls ; l'étudiant céda encore. Enfin, l'odeur d'urine s'atténua, ils atteignaient le quai. Un groupe d'adolescents étaient en vue sur la droite, ils passeraient en dessous de l'escalier dans quelques secondes ! Mais leurs éclats de rire se mêlaient à des phrases assassines et ils ne prirent pas conscience du drame : Nathanaël ne parvint pas à les alerter. Quant aux automobilistes, ils roulaient trop vite pour faire attention à l'étrange couple. Leurs vrombissements s'éloignaient en ignorant le traquenard qui acculait l'étudiant.

L'homme lui désigna une BX aux vitres teintées. Il se

plaqua à lui, lui passa des menottes et le propulsa à l'intérieur. La porte se rabattit en un bruit de métal caverneux. L'étudiant sentit sa gorge s'épaissir, son thorax se compresser. L'homme fit le tour de la voiture, son œil était toujours aussi attentif. Nathanaël paniqua :

— Que me voulez-vous à la fin !

L'éboueur était trapu et nerveux. Nathanaël s'obligea à l'observer. Soudain, il le reconnut malgré les efforts habiles qu'il avait faits afin de changer les traits de son visage, mais ils arrivaient déjà : Hertzan le tira du véhicule et lui enleva prestement les menottes tout en restant collé à lui et en maintenant le canon dans le bas de son dos.

— Avancez sans poser des questions, glissa-t-il.

Des badauds s'interrogèrent ; certains chuchotèrent en les voyant avancer bras dessus bras dessous, comme l'avait ordonné Hertzan. Malencontreusement, ici, il était courant de croiser des homosexuels et personne ne fit vraiment attention à eux. Ils atteignirent une vieille maison de l'île Barbe et le ravisseur remit les menottes, pour le contraindre à monter un escalier.

Nathanaël entendit de loin un bruit de précipitation et une voix féminine qui criait : ainsi, il ne serait pas seul. Il ne savait pas s'il devait s'en réjouir ou non – une femme hystérique ne ferait qu'empirer la situation. Il décida de jouer le tout pour le tout : quand ils arrivèrent devant la porte de sa prison, après avoir été docile pendant la montée des marches, il se dégagea et tenta de rebrousser chemin. Il se retrouva plaqué au mur.

Ensuite, Hertzan le fouilla tout en le tenant en joue et ouvrit :

— Au fond, commanda-t-il à la jeune femme qui se tenait derrière.

Elle hésita, puis recula. « Je veux sortir », répétait-elle en hurlant. Hertzan poussa Nathanaël à l'intérieur et ferma consciencieusement.

— Et l'abruti, ça sert à rien ce que tu fais, mugit le jeune homme contre la porte. Riviere, il ne peut pas se passer de moi, tu entends ? Il est fichu ton vieux, parce qu'il s'est enterré avec des croulants comme lui. Il s'en sortira pas sans moi, t'as compris ? Ouvre, putain ! Ouvre !

***

Hertzan s'installa dans une chambre à l'autre bout de la maison pour réfléchir. Malgré son ressentiment, il avait exécuté son devoir et protégé son patron. Et éliminé son plus dangereux concurrent : il sourit en pensant au désarroi de Riviere lorsqu'il constaterait l'absence de son jeune poulain. Des rayons de lumières filtraient à travers les lattes des volets. Il s'avança jusqu'à la chaise, le pied grinça sur le plancher poussiéreux lorsqu'il s'assit sur les lames clouées. Dans un coin de la table devant lui, il y avait encore un encrier. Les questions s'entrechoquaient dans son esprit, il se retourna. Derrière lui se trouvait un lit étroit délimité par deux panneaux arrondis. Les draps de coton épais portaient la marque des nuits qu'il avait passées là. La dernière fois, c'était quand il s'était fait prendre alors qu'il pistait un directeur fraîchement embauché par Riviere. Honteux, il s'était terré ici pendant deux jours. Il se leva et se mit en boule sur le lit. Les ressorts sursautèrent sous son poids, puis le calme revint dans la pièce humide. *Doit-il leur faire peur puis les libérer en exigeant leur silence ? Qu'est-ce que Riviere aurait décidé à sa place ? Les aurait-il tués ?*

14. Voie sans issue

Lorsque la porte se referma, Marie s'effondra. Elle scruta le jeune homme, *un bébé à peine sorti du ventre de sa mère*, pensa-t-elle, sarcastique. Il tournait sur lui-même en quête d'une porte de sortie. Ensuite, elle se dit que lui au moins, il était propre comme un sou neuf... Elle eut honte. Vraisemblablement, elle, elle avait tout foiré en cherchant à s'émanciper de sa reine-mère. Peut-être qu'en se remettant à cet angelot, elle parviendrait à se dépêtrer de ce cauchemar. Sur un ton anormalement neutre, elle récita alors un inventaire des objets contenus à l'intérieur de la pièce.

— Je n'ai repéré aucun outil, conclut-elle stoïque.

— Maintenant que je suis là, on va y arriver. Je suis Nathanaël, annonça son nouveau compagnon d'infortune en tendant la main.

La jeune fille leva un œil désespéré et posa doucement sa main sur la sienne. Il balbutia :

— Ça va ? Tu as mangé ces derniers jours ?

— Oui. Chinois, McDo, pizza, pain, un peu d'eau, jamais de couverts, et toujours du plastique pour les bouteilles.

— Tu es là depuis combien de temps ?

Marie réfléchit avant de réaliser qu'elle en était à son quatrième jour de détention. Un silence s'établit, elle ferma les yeux puis ajouta :

— Le journal, il faut l'économiser. Il paraît que dans certains pays, ils ne connaissent pas le papier WC. Ils utilisent le journal. Pour les odeurs, on fait avec : j'ai cassé un bout de fenêtre, mais depuis, je crève de froid la nuit. Je veux pas qu'on agrandisse le trou, l'informa-t-elle. On pourra pas passer par là, les barreaux sont solidement fixés dans la pierre. Et derrière, on risque un plongeon de plusieurs mètres qui pourrait bien se terminer sur un piton rocheux.

Le jeune homme examina les lieux en pestant. Puis, il s'assit près d'elle. Rassurée par sa présence, elle se laissa glisser dans un sommeil d'épuisement. Celui-ci n'osa pas bouger quand la jeune fille se recroquevilla contre lui.

Lorsqu'elle se réveilla, un grattement énergique couvrait les craquements sinistres de l'antique demeure.

— Il m'a pris mon couteau, mais il n'a pas trouvé mon trombone fétiche ! expliqua son compagnon en brandissant son outil improvisé.

Éberluée, elle se demanda s'il pensait vraiment que cet objet ridicule allait les tirer d'affaire. Cependant, elle le laissa travailler sans mot dire : Nathanaël essayait de desseller une pierre du mur en attaquant les joints qui l'entouraient.

— J'ai réétudié la possibilité d'une sortie par la fenêtre. Effectivement, je pense aussi que l'on ne ressortirait pas vivants de ce plongeon-là, ironisa-t-il.

Les yeux bien ouverts, la jeune fille l'écoutait attentivement, sans remuer. Sur un ton ennuyé, il indiqua finalement que, le lendemain, il avait un oral de soutenance de stage. D'abord, elle resta silencieuse. Puis, elle demanda sur un ton maussade :

— Un stage de quoi ?

— Mon stage de fin d'année en commerce international. Je suis en École de commerce, commenta-t-il, sur un ton qui ne cachait pas sa fierté.

Marie fit la moue. Pour elle, les commerciaux étaient

des parasites inutiles. L'image qu'elle en avait se limitait aux publicités télévisées. Au mieux, elle imaginait un beau parleur qui serait capable de vendre de la même façon une brosse à dent ou un avion à réaction. L'étudiant sembla comprendre le fond de ses pensées, car il s'énerva :

— Ok, je ne suis pas James Bond et je ne sais pas par où prendre le problème… Mais, au moins, je me bouge !

Marie tourna la tête. Il se radoucit :

— Bon, et si tu m'annonçais ton prénom ?

Après un soupir douloureux, elle se présenta. Il s'assit à côté d'elle. Ils réfléchirent sans rien dire pendant un long moment. La jeune fille rompit le silence :

— Nathanaël, il faut qu'on trouve une solution pour se sortir de ce pétrin. À deux, on devrait parvenir à détourner son attention quand il nous apportera à manger, considéra-t-elle en se levant. Et si je simulais...

— Une crise d'appendicite ? suggéra-t-il.

Elle songea que vu ses maux de ventre, elle n'aurait pas de mal à jouer ce rôle. *Et si elle mourait ici d'une péritonite ?* Vu le manque d'hygiène auquel elle était soumise, ça ne serait pas étonnant...

— Oui, par exemple, esquiva-t-elle, mal à l'aise.

Il se redressa :

— À tenter... tu te mettras là, près de la porte. Et moi, je le frapperai dès qu'il tournera la tête.

Marie esquissa un sourire, il renchérit :

— Bon, et si tu me disais ce que tu fais dans la vie ?

— J'étais étudiante en mathématiques appliquées...

— Tu l'es encore, Marie.

— Je... Je ne sais plus.

Elle ajouta dans un soupir :

— Je ne suis plus dans la vie en réalité : je la survole, j'essaie d'oublier.

— Oublier quoi ?

Elle ne répondit pas.

— Parfois, il suffit d'un sourire qui se transforme en rires, de l'odeur d'une peau qui semble douce, ou d'une lueur d'intelligence dans le regard, d'un verre bien rempli. Et j'accepte un autre verre, et même le dernier dans un appartement inconnu. Mais oui, au moins, il me reste les mathématiques qui m'évitent de m'attacher inutilement.

— Depuis quand ?

Marie fouilla dans sa mémoire, elle finit par répondre :

— Il y a un an, nous sommes rentrés de Tahiti…

Elle lut l'admiration dans les yeux de Nathanaël, mais elle balaya la chimère d'un revers de la main.

— Mon père nous a annoncé qu'il nous quittait. Nous avions tout lâché, nous vivions dans le temporaire. Pour ma mère et moi, il fallait tout reconstruire, ici, dans notre pays qui nous était devenu étranger ; mais à partir de quoi ?

***

Convoqué la veille à la police, Riviere avait compris qu'Hertzan avait enlevé une jeune fille qui logeait chez Céleste pour contraindre ses anciens amis à se taire sur leur passé commun. Alertée par la vieille dame, la mère avait déposé plainte. L'ancienne résistante avait cependant refusé d'en dire plus sur leurs actions pour ne pas mettre sa protégée en danger. Riviere avait alors décidé d'être pragmatique : Marius et Céleste étant réduits au silence, il s'autorisait à évoquer son statut de résistant, Hervé avait gain de cause finalement. Riviere pénétra d'un pas conquérant dans le local alors que le jour s'y infiltrait à peine ; il était matinal, bien qu'il eût jugé plus prudent de dormir à Erigea.

Libérez la Croix-Rousse. Résistant hier, je vous propose aujourd'hui de lui redonner sa force d'antan. Terre des canuts, notre colline gardera son caractère.

Riviere relut, satisfait. Un beau coup d'envoi pour le programme que son équipe glisserait d'ici à quelques semaines dans les boîtes aux lettres de ses ouailles ! On venait de fêter les 50 ans de commémorations de la Libération ; le candidat ne laisserait pas passer cette opportunité. Si on l'interrogeait sur son statut de résistant, il avouerait qu'il avait épaulé un jeune homme dont le nom figurait sur une plaque de bronze, dans le parc derrière la mairie. Et laisserait planer un mystère qui rejoindrait la nébuleuse savamment étudiée du fameux charisme qui le désignait comme maire. Il révisa ses notes afin de compléter l'accroche préliminaire. Il encadra certains passages et en barra d'autres, comme ceux qui ouvraient une porte aux communistes : il chassa définitivement cette possibilité d'un geste de la main et se leva dans le rayon de soleil qui traversait les baies vitrées. Les idéaux de son ancien ami étaient utopiques : la victoire se nourrissait de principes simples ; il ne pouvait pas se permettre de s'encombrer au moment de son grand départ dans la vie publique.

Dehors, le marché prenait forme : paysans, vendeurs opportunistes, primeurs, effectuaient un débarquement tamisé par la fatigue des gens qui se lèvent tôt. Riviere soupira… Ce n'était pas la première fois qu'Hertzan disparaissait. Une fois lancé, ce dernier ne se posait pas de questions. Était-il déjà allé trop loin ? Son comportement d'évitement laissait à penser qu'il se sentait mal à l'aise en tout cas. Riviere essayait encore de le joindre quand deux femmes firent irruption.

— Bonjour Monsieur, je crois que vous avez quelque chose à me dire concernant la disparition de ma fille, débita l'une d'entre elles en tremblant.

Il la reconnut : c'était la mère de la jeune disparue. Il se retrancha dans son bureau ; elles le suivirent. La femme s'assit et croisa les bras. Sa veste pendait sur son épaule, elle ne prit même pas la peine de la redresser. La colère brillait dans ses yeux humides. Riviere l'observa : cette femme, qu'il avait rencontrée au commissariat la veille, semblait à bout. Il se donna de la contenance en posant ses mains sur le bureau.

— Écoutez, j'ai tout dit aux OPJ. Mon adjoint a dérapé, je ne sais pas pour quelle raison. Il a provisoirement mis votre fille à l'écart pour que madame Desmoulins soit plus… coopérative.

Il se paya le luxe de broder encore :

— Il a estimé que Céleste représentait un danger pour moi. Il faut dire que ces derniers temps, elle a fait des pieds et des mains pour se faire remarquer en tant que militante assidue. Peut-être a-t-il pensé qu'elle serait capable de se venger du fait de ne pas avoir eu de place dans la liste. Les places sont chères, vous comprenez : je ne peux pas prendre tout le monde. C'est une immense déception pour ceux qui ne sont pas choisis.

Il sentit une force soulever la mère. Elle allongea les bras pour agripper le bord de son bureau, chaque muscle de son visage était tendu à l'extrême. Elle soutint son regard, les pupilles contractées et elle pointa son index vers lui :

— Vous êtes un monstre. Je veux que vous libériez ma fille. Vous entendez, libérez-la ! gronda-t-elle.

Déconcerté par cette manifestation d'amour maternel, il recula. Sa propre mère, sa femme ou sa fille lui en avait montré quelques échantillons, mais là, cet amour explosait devant lui, nu et impitoyable. Il sut que cette femme serait allée au bout du monde, là, maintenant, pour venger, pour faire expier le mal que l'on pourrait faire à sa fille.

— Madame, je... Votre fille n'est pas en danger, hasarda-t-il.

Il n'en était même pas sûr… Il resta un long moment sur sa chaise après le départ des deux femmes. *Où est Jean Hertzan ?* se demanda-t-il. La veille, il s'était rendu plusieurs fois à son domicile, en vain. Il avait dû chercher ses coordonnées dans un annuaire. Alors que son protégé était venu maintes fois chez lui, lui ne connaissait même pas son adresse. *Que sait-il d'ailleurs de lui en dehors de son absolu dévouement ?*

Un autre problème l'accapara bientôt : son équipe ne parvenait pas à joindre Nathanaël. Riviere ne mit pas longtemps à faire le rapprochement avec la disparition de Marie Moge et alerta immédiatement le commissariat voisin. Il songea avec inquiétude aux conséquences désastreuses que cela augurait pour sa campagne. Cette fois-ci, il remua ciel et terre : les bars et les magasins qu'Hertzan fréquentait, son voisinage, etc. D'ailleurs, plusieurs fois, il fut accueilli par un « Ah, c'est vous, monsieur Riviere ! Jean nous a souvent parlé de vous ».

Le soir, Riviere prononça un discours pour l'inauguration de la *Maison de vie* à la Croix-Rousse, qui accueillait des handicapés : le programme devait être respecté. Ce centre était tenu par l'un des membres de la Ligue votant dans sa circonscription. Conformément à ses plans, Riviere avait mobilisé l'électorat de ce réseau deux mois auparavant : une vingtaine d'électeurs qui avaient offert de nouveaux terrains à sa campagne. Ce soir-là, il manquait de bagou. Contrairement à ses habitudes, il finit à l'écart alors que la soirée battait son plein. Tout à coup, une main frôla la sienne :

— Moi, c'est René.

Il sursauta et s'attendit à ce que quelqu'un repousse l'incongru. Rien de tout cela :

— Quand il est arrivé, il ne parlait à personne ; depuis quelque temps, il est un peu pot de colle, il faut lui dire fermement de partir, sinon, il va vous coller aux basques, l'informa simplement un infirmier.

L'homme reprit :

— Moi, c'est René, et toi ?

Une telle proximité, le tutoiement… Il avait banni ce genre de relations de son existence : son mode de vie, c'était la distance, l'analyse.

— Je m'appelle André. Mais maintenant, rejoins les autres.

Les « autres » formaient un groupe si dépareillé qu'on en oubliait leur handicap propre. André leva le regard vers eux, il lâchait prise, un barrage sautait. Il descendit de son piédestal et ouvrit les barrières qui servaient ses ambitions : il répondit au discours bancal de cet étrange interlocuteur, tandis que d'autres s'approchaient. Son photographe ne s'y trompa pas et prit des clichés sur le vif donnant l'image d'un homme qui soudain acceptait la fragilité.

Mais André ne tarda pas à saluer ses hôtes et fit signe à Henri : il voulait retourner à son appartement. Assis dans la voiture, il réessaya de joindre Jean Hertzan. La messagerie s'obstina.

— Disparu depuis trois jours désormais ! dit-il en soupirant.

Son chauffeur se garda de tout commentaire. Agacé, Riviere ordonna subitement : « Arrêtez-vous ». Il voulait marcher. Il descendit lentement le boulevard de la Croix-Rousse. Ici habitaient des « amis » qu'il croisait depuis toujours dans les mondanités lyonnaises. Parmi eux, certains avaient même essuyé les mêmes bancs d'écoliers que lui. Et pourtant... Pourrait-il déranger l'un d'eux, là tout de suite, pour lui parler de son adjoint qui l'empêchait pour la première fois d'agir comme il entendait ? Assurément non... De toute façon, certains se gloseraient du fameux couple autrefois inséparable, tellement dépareillé qu'on se demandait pourquoi Riviere s'encombrait d'un tel fardeau. D'autres lui donneraient des techniques pour remettre le « personnel » dans le droit chemin. André accéléra le pas, serrant nerveusement ses mains dans les poches.

Il se remémora les propos de Pierre-Henri : « Qu'est-ce qui t'intéresse chez cet être sorti de nulle part, et qui, sacrebleu, n'a vraiment rien d'un stratège ? »

15. Combats perdus d'avance

Le plan des étudiants avait échoué. Hertzan s'était méfié : il n'avait pas pénétré dans la pièce malgré les gémissements de la jeune fille. Il avait lâché des pizzas cartonnées et avait rapidement refermé la porte.

Marie grattait les joints depuis le lever du jour, la conclusion du moment était aussi décevante que rédhibitoire : ils avaient terriblement bien résisté au temps passé. Nathanaël était adossé nonchalamment au lit, il ne savait pas comment l'arrêter.

— Ça ne sert à rien, répéta-t-il en guise d'excuse.

En réalité, il voulait lui cacher son désarroi.

Elle lui reprocha son manque de suite dans les idées et se démena de plus belle : *N'est-ce pas lui qui a proposé de creuser avec un trombone ? Et il se permet de critiquer son obstination ?* Un ongle cassa, c'était le troisième.

— Aïe, hurla-t-elle.

Au bord des larmes, elle maîtrisait difficilement.

— Calme-toi, Marie, il ne faut pas que tu t'inquiètes : je ne pense pas qu'il nous tuera, lâcha-t-il.

— Comment ? s'étonna-t-elle, le regard toujours rivé sur le joint.

— C'est un sous-fifre. Et son boss ne donnera pas l'ordre de nous tuer ; il négociera.

Marie écarquilla les yeux en relevant brusquement la tête ; elle le fixa :

— Tu le connais, toi, *son boss ?* articula-t-elle sur un ton mauvais en cessant son travail de forçat.

Le jeune homme regretta ses paroles : il n'était pas très sûr de préférer la colère de la jeune fille à son amertume.

— Hertzan dépend de Riviere qui dirige la boîte où j'ai fait mon stage. C'est un homme d'affaires pragmatique : il va trouver une combine, une façon de nous faire taire. En attendant, il nous a fait enfermer, voilà tout.

— Nous faire taire ? Comment ça ? Moi, je n'ai rien à dire… Par contre, toi, apparemment, tu me caches quelque chose. Comment as-tu pu… Tu es malhonnête, Nathanaël !

Ses yeux crachaient sa déception ; ses poings, serrés, manquèrent de tordre le trombone fétiche, qui s'échappa prudemment de son emprise. L'étudiant rentra les épaules, il se frotta la joue, et d'une voix hésitante, il annonça qu'il occupait une place sur une liste électorale lancée par Riviere.

Marie le toisa :

— Tu veux me faire croire que tu serais candidat dans une liste municipale ?

— Eh bien, oui. J'étais même censé devenir son adjoint !

Il bombait machinalement le torse et espérait déclencher une lueur d'intérêt dans le regard de sa colocataire forcée. Peine perdue :

— Rien que ça ! Et il t'a demandé quoi en échange ? Il a fait ça pour tes beaux yeux ? se moqua-t-elle.

Désorienté, il se braqua et exclut d'emblée l'hypothèse que l'homme d'affaires l'ait choisi pour une autre raison que son talent. Il couvrit Marie d'un air condescendant et poursuivit sans répondre à son insinuation :

— J'essaie juste de te dire que Hertzan et Riviere

n'iront pas jusqu'à nous tuer.

— Eh bien, moi, je pense qu'Hertzan et ton patron sont des pourritures ! Mais, ça, tu ne peux même pas l'imaginer parce que, pour cela, il faudrait que tu descendes de là-haut ; il faudrait que tu te remettes en cause, Monsieur le conseiller municipal en chef, il faudrait que tu puisses admettre que tu t'es fait berner !

— Je rêve… On est deux ici à s'être fait berner : il va falloir réapprendre à compter, madame je-sais-tout.

Le jeune homme fronçait les sourcils. Il se doutait bien que les milieux de pouvoir regorgeaient de compromissions. Et certes, il l'avait accepté. Il songea à son ami Dimitri, embauché dans son *cabinet*... le terme se prêtait à l'ironie : Nathanaël ne manquait pas de se moquer de lui, et pourtant, il aurait pu suivre ce genre de voie, qui, après quelques années besogneuses, offrait sans doute une vie rangée… Mais ce n'était pas pour lui. Malgré sa situation, il pensait encore que la politique était son horizon. Il voulait se risquer au cœur du genre humain, fusse-t-il imparfait. Du fin fond de sa geôle, il la voulait toujours, cette existence de stratège équilibriste.

Il fut interrompu dans ses pensées par un raclement de gorge ; Marie avait manifestement quelque chose à lui avouer. Elle s'assit à côté de lui en soupirant, ses lèvres se tordirent en un rictus embarrassé, et elle lui dévoila l'accord qu'elle avait passé avec Hertzan.

— … Et voilà le genre de contrats douteux qui me fait dire que ce sont des ordures. Le Hameau, c'est probablement une partie du magot de ton grand patron ? bredouilla-t-elle

— Je n'en ai pas entendu parler… Mais Hertzan serait incapable de monter une affaire seul, donc oui, Riviere est forcément à l'origine de tout ça, répondit-il de mauvaise grâce.

Il réfléchit, avant de renchérir :

— À mon tour… je dois te raconter ce qui m'est arrivé juste avant que j'atterrisse ici.

Il lui décrivit ce qu'il avait appris de Marius. Il essaya encore de se persuader que le sexagénaire délirait lorsqu'il accusait Riviere de meurtre. Cependant, il ne pouvait pas écarter l'hypothèse que son enlèvement soit lié à ces révélations :

— Peut-être qu'il m'a fait enlever pour que je me taise et que je ne compromette pas sa réputation.

Marie encaissa le choc avec difficulté, elle avala sa salive avant de commenter :

— Ça ne tient pas. Si Riviere était un meurtrier et que tu te posais en travers de son chemin, il t'aurait tué : quel avantage aurait-il à te conserver vivant ?

Nathanaël sursauta, il se souvint de la froideur avec laquelle le sexagénaire régissait ses affaires, il en avait été victime : il admit à contrecœur qu'en toute logique, Riviere aurait déjà dû l'éliminer. Il allait rétorquer que cet homme lui vouait malgré tout une certaine affection, ce qui expliquerait son hésitation, quand Marie posa sa main sur son avant-bras :

— Et si c'était Hertzan qui avait pris la décision de t'enlever ?

— Hertzan ? Seul ?

Nathanaël rit, puis s'arrêta en voyant que Marie ne plaisantait pas. Il ne l'avait même pas envisagé parce que c'était a priori inimaginable : pour lui, cet homme ne pouvait être qu'un exécutant ; il dut convenir qu'il ne fallait pas écarter cette possibilité.

Pendant la journée, ils instaurèrent une trêve tacite et ne parlèrent que de leurs vies respectives, en évitant de faire allusion à tout ce qui touchait de près ou de loin à leur enfermement. À midi, ils eurent de l'eau, que le jeune homme consentit à ne pas boire entièrement, afin qu'ils pussent se débarbouiller un peu dans la soirée. Le soir, le repas fut un festin en comparaison de ce dont ils avaient l'habitude. Mais la nuit apporta son lot de scénarios dramatiques ; ils les examinèrent froidement, et lorsque la jeune fille glissa ses mains dans celles de Nathanaël, il les prit avec une émotion confuse. Ils s'endormirent l'un contre l'autre : ils étaient transis par la même peur.

Nathanaël se réveilla dans la nuit, une lumière de phares s'était égarée dans leur donjon. Il repoussa doucement Marie et la recouvrit. Il songea à ses parents : quand s'étaient-ils inquiétés de sa disparition ? Peut-être n'avaient-ils toujours pas lancé d'avis de recherche… Si c'était le cas, il ne pouvait s'en prendre qu'à lui-même, il rentrait de façon tellement aléatoire que le fait de ne pas le voir pendant plusieurs jours n'était pas forcément anormal.

Il se rassura en pensant que sa mère avait certainement interviewé minutieusement tous ses amis jusqu'à ses connaissances les plus lointaines. Quant à son père, *estime-t-il qu'il a récolté ce qu'il mérite ?* Nathanaël se remémora sa venue à son discours avorté devant les étudiants, il ne l'avait même pas remercié. À ce moment-là, il aurait tout donné pour le sentir à ses côtés. Il aurait supporté ses colères, son esprit étroit, ses encouragements maladroits, ses progrès mesquins de chômeur englué dans une situation inextricable, ses envolées grandiloquentes. Il aurait aimé qu'il soit là, même de mauvais poil, même père, surtout père.

Hertzan roulait devant lui, vers le nord. Afin qu'on ne le repère pas, il avait loué une estafette. Mais il ne pouvait pas retourner chez lui pour se grimer. C'était comme s'il était nu. Il venait de passer vingt-quatre heures dans le donjon de sa demeure et se sentait engourdi : il n'était sorti que pour acheter de la nourriture. Il répétait mentalement ce qu'il allait dire à monsieur Riviere : « Heureusement que je suis intervenu, grâce à moi, vos obstacles ont été balayés. » Il ne lui réclamerait même pas de lui faire une place dans sa campagne, question d'honneur. En revanche, il faudrait lui demander jusqu'à quand il devait garder les jeunes enfermés. Il songea au repas qu'il avait apporté à ses otages. *Pourquoi a-t-il doublé les rations et ajouté un dessert ?* Ce fumier de Payin ne méritait pas cela ! Il s'aperçut qu'il conduisait trop vite et ralentit. Ce n'était pas le moment de se faire prendre…

Il s'arrêta à un café en arrivant à Neuville, à une demi-heure de Lyon. Une cabine téléphonique l'attendait un peu plus loin. En entrant, il observa les lieux : la télé résonnait dans le vide de l'espace, il y avait qu'un autre consommateur dans un coin et le barman lavait tranquillement les verres.

— Que désirez-vous ? lui demanda l'homme engoncé derrière son comptoir sans lâcher son torchon.

— Un demi, merci.

La télévision passait les programmes de FR3. Parfait : la radio n'avait pas encore donné d'information concernant son affaire, peut-être qu'il aurait des nouvelles à l'écran. Il consulta sa montre : il se donnait un quart d'heure. Il commanda un deuxième demi et sortit une photo jaunie de son portefeuille. Une jeune femme rayonnait, la tête légèrement penchée en arrière avec un sourire provocateur. Le photographe avait composé des effets de lumière qui lui conféraient des airs de star. C'était l'un des rares vestiges de sa mère. Il se souvint de l'annonce qu'on lui avait faite de sa mort par suicide... avec des précautions tellement dérisoires. Sur le coup, il avait pensé que c'était impossible : qu'elle n'était pas vraiment morte. Qu'elle ne pouvait pas mourir. Et puis, il avait fallu se rendre à l'évidence et la douleur s'était installée, cette douleur qui l'avait empêché de vivre, l'idée qu'il n'était pas assez important pour que sa mère accepte de rester en vie. Il caressa la photo. Une idée se glissa dans ses pensées. Peut-être que sa mère était partie... en comptant sur lui pour prolonger la vie. Il eut soudainement envie de commencer une vraie vie, sa vie. Finalement, maintenant qu'il avait quitté ce qui ressemblait le plus à un chez-lui, ne pourrait-il pas recommencer ailleurs ? Et s'il allait consoler les larmes de Nicole ? Peut-être que... Il songea qu'il pourrait donner un prénom à un petit gars. Il rangea le cliché. *Trop compliqué*, pensa-t-il.

Il était prêt ; il reprenait du service, il exécuterait les ordres. S'il fallait les tuer, il le ferait. Il posa la monnaie sur le comptoir sans répondre aux salutations du barman et se dirigea vers la cabine. Il décrocha le combiné. Enfin, il mettait un terme à ses hésitations.

— Monsieur Riviere ?

— Ah, te voilà enfin, toi. Tu étais passé où, bordel ? Qu'est-ce que tu as fait de Payin ?

— Quand vous saurez... fit Hertzan en pinçant les lèvres.

— Quoi : quand je saurai ? s'énerva son mentor.

Hertzan lui rapporta la conversation qu'il avait interceptée entre Marius Chatelard et Payin sur ses bretelles d'écoute.

— Alors comme ça, non content de surveiller Céleste, tu as aussi utilisé ton fourbi chez Marius.

— Non, mais Chatelard loge chez Céleste... depuis que...

Il s'arrêta, comme un gamin pris sur le fait. Il éloigna le combiné de son oreille, car Riviere explosa :

— Qu'est-ce que j'ai fait au bon Dieu pour qu'il me mette dans les pattes un incapable pareil ! Mais libère-les, couillon, et ne compte pas sur moi pour te couvrir cette fois-ci.

Hertzan ne sut pas quoi répondre, il raccrocha.

L'affront qu'il venait de subir le glaça. Il avait joué son va-tout, il avait tout perdu.

Lors de son retour, la Saône lui sembla étrangement calme. À quelques centaines de mètres de l'île Barbe, il ne saisit pas la manœuvre de la voiture qui le précédait – un décrochement à droite afin de mieux tourner à gauche –, il la prit de plein fouet, avant de rencontrer un lampadaire. Le déploiement des véhicules de secours fut tel que Nathanaël et Marie crurent qu'on les avait retrouvés.

***

En fin d'après-midi, Riviere se rendit à l'évidence : son adjoint n'avait pas obtempéré : les otages n'avaient pas été libérés. Il quitta un QG étrangement calme. En sortant, il regarda silencieusement les affiches à son effigie.

Arrivé chez lui, il se changea et ajusta un nœudpapillon incrusté de fils d'or. Lorsqu'il l'avait acheté dans une galerie d'aéroport, Hertzan lui avait dit : « Ce n'est pas un peu trop chic quand même ? » Mais ce soir, lui aussi jouait son va-tout. Le candidat donnait une réception prévue de longue date dans son immense salon.

Quand il pénétra dans la pièce avec un retard calculé, l'absence du benjamin de l'équipe entretenait déjà un esprit de suspicion ; les rumeurs allaient bon train. D'ailleurs, de nombreux invités avaient décommandé et certains de ses militants les plus assidus faisaient faux bond.

Il se ressaisit, il s'agissait de fêter le dépôt de la liste et d'affirmer leur programme devant un public théoriquement acquis à leur cause. Certes, peut-être aurait-il dû annuler : la salle était électrique, les visages peu amènes, les personnes présentes grignotaient du bout des lèvres. Les informations sur la disparition de Nathanaël nourrissaient mieux que le buffet, on les ruminait sans modération. Mais qu'à cela ne tienne, il se dirigea vers ses invités avec une légèreté qui aurait fait pâlir un comique de haut-vol. Il parvint à ranimer quelques bonnes humeurs, une dame lui glissa même : « Vous êtes le meilleur. »

Quand Hervé projeta sur le mur une diapositive qui devait permettre de lancer la présentation, Riviere le laissa parler pendant un bon quart d'heure. Il tenta ensuite un discours léger. Les applaudissements furent cependant à peine polis. Occupés à reconsidérer leur stratégie, les pseudo-amis ne prirent pas la peine de le féliciter. Pire encore, Pierre-Henri qui s'était impunément invité, lui prédit sans ménagement : « Tu finiras comme ton père, en fait », avant de disparaître pour la dernière fois.

La fête se terminait prématurément. Les rides prirent possession du visage d'André, sa détermination vacillait et ne parvenait plus tout à fait à cacher la défaite. Son gendre le snoba, comme d'habitude. Il le traitait d'opportuniste sans rien savoir de sa vie : rien de plus normal, Riviere ne lui en avait rien livré… Cependant, quand sa fille, accompagnée d'Anaïs, lui décerna un regard empreint de pitié en partant, il la suivit longtemps des yeux.

Tous les convives avaient déjà quitté le navire quand Hervé lui tendit une poignée de main virile. *Lui, au moins affronte courageusement la situation. Ou bien croit-il toujours en son chef de file ?*

— Vous avez fait du bon travail, analysa André.

Tôt ou tard, son directeur de campagne lui tournerait le dos, il le savait. Lorsqu'il fut parti, André pensa à Jean Hertzan. *Lui serait resté plus longtemps.* Après le scandale qui ne tarderait pas à se déclencher une fois l'enlèvement des deux jeunes connus de la presse, son homme de main retournerait en prison. Il se servit encore du champagne et posa son front contre la fraîcheur de la vitre, les yeux abandonnés sur le bitume, en bas. Il resta un long moment derrière la fenêtre. Il vit un taxi s'arrêter, le chauffeur s'extirpa de la voiture afin d'assister son client… ou plutôt sa cliente. Elle le paya et marcha en direction de la porte en chêne. *Il s'agit de Céleste…* Il se dirigea vers l'entrée de son appartement. Il répondit à la sonnerie de l'interphone, sortit sur le palier et se plaça devant l'ascenseur. Quand son ancienne amie apparut, ils se jaugèrent ; il apprécia son port altier. Ils rentrèrent, elle refusa d'un geste qu'il lui prît sa veste.

— Tu arrives trop tard, notre soirée… est finie.

Céleste ne releva pas.

— André, je n'ai rien dit qui puisse te nuire : libère Marie.

Elle le toisa, il ne baissa pas les yeux devant son mépris.

— Hertzan m'a appelé ce matin. Je lui ai ordonné de les libérer, déclara-t-il sèchement.

Céleste blanchit. Au regard qu'elle plongea dans ses yeux fatigués, il sut qu'elle le croyait.

— André, qui est cet homme que tu traînes dans ton sillage ? gronda-t-elle. On me dit que du temps d'Erigea il demeurait muet et immobile, comme une épouse fidèle qui resterait derrière son mari, prête à répondre, que dis-je, à précéder ses moindres désirs. André, que lui as-tu fait pour qu'il te serve avec une telle abnégation ?

Elle avait progressivement haussé la voix et se trouvait maintenant à quelques centimètres de lui. Riviere se détourna :

— Je lui ai ouvert les portes d'un monde auquel il n'aurait pas pu accéder, une société où il n'est pas besoin d'étaler une famille.

— Pourquoi as-tu fait cela ? Je ne te vois pas descendre dans la ruc pour sauver un crève-la-faim.

Il hésita avant de repartir :

— J'ai donné un avenir à ce gars, et cela fait bien vingt ans que je le soutiens. Lui au moins, il n'est pas ingrat comme les jeunes d'aujourd'hui.

— André, qui est vraiment cet homme ? Tu n'as jamais trempé dans l'humanitaire, insista-t-elle, en l'obligeant à se retourner.

Il avait le regard lointain perdu par la fenêtre, dans des souvenirs qu'il lui faudrait révéler, tôt ou tard…

— Alors ? pressa la vieille dame.

Ses sourcils ployaient, ses inspirations étaient saccadées dans une bouche figée en un rictus douloureux : André se remémora la fin de leur section de résistant. *S'il avait échafaudé l'exécution de la directrice, c'était aussi pour venger Louis et pour sauver le sourire de Céleste qui s'était éteint.*

— Jean Hertzan est le petit-fils de la directrice, débita-t-il d'un trait.

— Comment…

Céleste était figée.

Il se retourna et se souvint de sa stupéfaction quand il avait appris le nom du jardinier qu'il venait de promouvoir à ses côtés pour effectuer d'inavouables enquêtes. À cette époque-là, on commençait à dévoiler l'ambiguïté des *années noires* ; la France découvrait la collaboration dans ses rangs : le régime nazi avait reçu une aide providentielle de certains compatriotes. Riviere, lui, n'avait pas voulu participer au « travail de mémoire »[1]d'après-guerre. Cependant, il avait décidé qu'Hertzan resterait à son service, tout en enfouissant un peu plus profondément son secret dans les méandres de sa conscience. Il ajouta :

— Mais ses agissements n'ont rien à voir avec cela : il ne sait pas.

Ensuite, il demanda comme s'il se parlait à lui-même :

— Qu'est-ce que je peux faire de plus ?

Céleste le dévisageait, les yeux arrondis. Elle finit par dire :

---

[1] Travail initié par Charles de Gaulle ; Riviere l'esquiva avec obstination…

— C'est dans l'ordre des choses : il fallait payer pour le sang versé.

André fit un geste de découragement.

— Écoute, Céleste, retourne chez toi, je t'appellerai dès que j'aurai du nouveau.

Son ancienne amie montrait des signes de faiblesse, il proposa d'appeler une femme de chambre afin de la loger.

André s'assoupit à l'aube, mais il ne dormit que quelques heures ; il laissa des instructions pour que l'on s'occupât de Céleste et appela Henri : il se rendait auprès de sa mère. Avant de quitter l'appartement, il se regarda dans le miroir de l'entrée. Son sourire avait glissé, perdu pour longtemps, pensait-il, dans les limbes d'un visage qui – cette fois, il ne pouvait plus le nier – commençait à vieillir ; il renonça à son nœud papillon. Quand il arriva, Rose Riviere se trouvait dans le salon attenant au réfectoire : elle participait à un atelier herbier. André n'avait pas vu sa mère depuis plusieurs mois, elle lui sembla changée. D'abord, elle ne comprit pas ce qu'il lui disait ; il se souvint qu'il devait parler à son oreille et lui demanda de trouver un endroit plus intime et ils se déplacèrent dans le réfectoire. Il s'assit face à un jardin dont les couleurs et les senteurs pénétraient à plein dans l'immense salle : les baies vitrées étaient grandes ouvertes.

— Je ne pense plus être en mesure de gagner les élections.

Son front était plissé et il baissait les yeux.

— Tant mieux, souffla sa mère.

D'abord, il crut qu'elle avait perdu la tête ; elle s'expliqua :

— Ton père avait été poussé par ses amis à se présenter. Le gouvernement provisoire l'avait pressenti, parce qu'il était un grand homme, une figure solaire qui éclipsait tout autour de lui. En réalité, il ne souhaitait pas occuper ce poste… Et toi non plus.

André la dévisagea :

— Comment cela…

— Il n'a pas regretté la mairie quand il est parti dans le maquis.

Certes, il se remémora confusément qu'elle avait voulu dire quelque chose de la sorte pendant le repas de Noël ; pour l'entendre, il eut fallu qu'il décrochât ses idées de la campagne, objectif absolu qu'il avait érigée en nécessaire consécration.

— Ta place, chez Erigea, ce que tu as construit à t'en épuiser, comme ton père quand il était capitaine d'industrie…

— Oui ?

— Tu peux en être fier.

La lumière prenait des airs estivaux, des papillons dansaient. Il ne sut ce qui l'étonna le plus : que sa mère lui parlât de son métier, dont elle ne connaissait rien, ou qu'elle l'évoquât justement aujourd'hui.

Il s'en souvenait maintenant… il osait enfin penser à son père déchu après la guerre qui l'avait broyé : il se remémora son récit sifflant, répétition incessante devenue exaspérante, une boucle qui se refermait, comme la troupe allemande qui les avait encerclés. Hector Riviere était le seul honteux survivant. Il se souvint des médailles empoussiérées, de la déchéance qu'il avait fuie. *Oui, assurément, c'est la guerre qui a cassé son père à jamais, et pas son échec à la mairie.* Il sut alors que son propre échec aux élections ne remettrait pas tout en cause et il enveloppa sa mère d'un regard reconnaissant. Derrière elle, l'horloge avait été remplacée par un immense vitrail en demi-cercle, qui la décorait de ses reflets, lui donnant un aspect évanescent. Rose s'étiolait, elle semblait préparer une absence. Elle était belle, soudain. Il sursauta alors : il songea qu'Hertzan avait eu, lui aussi, une mère et une grand-mère... Comme un ordinateur à qui l'on aurait restauré des fichiers, le fait que Jean fût le petit-fils de la directrice se connectait à une autre donnée qu'il avait stockée dans sa mémoire, à défaut de pouvoir y réagir humainement : dix ans auparavant, André avait eu besoin de fonds. Hertzan lui avait proposé d'hypothéquer une maison qu'il avait reçue en héritage. « Elle est fermée suite au suicide de ma mère. Aujourd'hui, je n'ai pas besoin d'argent, je n'en fais rien », avait-il insisté pour que Riviere acceptât son offre. Celui-ci l'avait déclinée. Cette maison, c'était forcément celle de la directrice, sa grand-mère, une demeure qu'il connaissait si bien à force d'en avoir étudié autrefois les contours afin d'établir son plan d'attaque, un endroit idéal pour y mettre à l'écart les deux jeunes.

Il quitta sa mère pour appeler sa femme de chambre dans le vestibule des communs et lui demanda de réveiller Céleste :

— Dites-lui aussi de me rejoindre à l'île Barbe, ordonna-t-il en enfilant une veste. Vous lui commanderez un taxi.

En entendant les coups de huit heures sonner sur les quais en face de l'île, Nathanaël fit trois tours de la pièce en sondant les murs, afin de chercher une issue pour la énième fois, puis il tapa du pied. La veille, Hertzan ne leur avait pas apporté de dîner. Pas de petit-déjeuner non plus ce matin-là. L'angoisse se lisait sur le visage des deux jeunes gens.

— L'ordure, il veut nous laisser crever ici. Ils ne veulent prendre aucun risque. C'est donc vrai, Riviere, c'est un meurtrier.

Il s'assit sur le sommier vide et se prit la tête entre les mains et respira bruyamment. Marie essaya de le calmer :

— Hertzan s'est peut-être couché plus tard hier. Il ne s'est pas réveillé ce matin…

Elle ne croyait pas à ce qu'elle disait. Jusqu'à maintenant, Hertzan était d'une ponctualité maladive pour les repas ; et le petit déjeuner, c'était toujours à 7 h 30.

Quand on frappa à sa porte avec un plateau bien garni, Céleste se réveilla en sursaut. Lorsqu'elle reçut le message laissé par André, elle comprit sur le champ. Dédaignant l'assortiment qu'on lui proposait, elle se leva pour appeler la mère de Marie. Elle ne voulut pas lui donner de faux espoirs :

— Rien ne prouve que votre fille se trouve là-bas, mais, enfin, nous avons une piste à suivre !

Elle prévint ensuite Marius. Elle ne répondit pas quand il demanda d'où il appelait. Il mit un moment à accepter de retourner sur cette île qu'il qualifia de « maudite ».

Céleste se sentit soudain plus légère. Marie était encore en vie. Il le fallait.

16. Rémissions

André Riviere avança vers la fenêtre, tel un automate. Ses mains tremblaient et un amas douloureux lui figeait la nuque. Il prit une pierre et cassa un carreau. Des bruits de verres cassés émaillèrent le silence matinal. Puis, il glissa sa main à l'intérieur et ouvrit le battant. Il s'introduisit à l'intérieur de la maison en se contorsionnant. Soixante ans auparavant, il leur avait fallu une nuit entière, à Céleste, Marius et lui-même, afin de définir ensemble la meilleure solution pour pénétrer dans cette ancienne bâtisse. Ils avaient choisi une petite fenêtre à l'arrière. Il se rappela qu'il avait laissé passer Céleste devant lui et qu'il était resté en retrait. Galanterie ? Oui, certainement. Les bonnes manières que sa mère lui avait inculquées avec pugnacité se manifestaient à contretemps. Sa mère… Si seulement il l'avait écoutée. Lui n'avait qu'une chose en tête : être à la hauteur de cet homme hautain, de ce père vénéré… du moins avant sa déchéance, qu'il avait voulu venger. Il soupira au pied de l'escalier. Il s'apprêtait à le monter quand il entendit un bruit à l'étage, qui s'amplifia : Il accéléra en soufflant et se trouva devant une armoire. Manifestement, elle barrait le passage à une porte. Il réfléchit aux moyens de la dégager.

— Ouvrez-nous, implora une voix affaiblie.

Il reconnut celle de Nathanaël. Une autre plainte, plus aiguë, se formait derrière les lourds panneaux de bois.

— Taisez-vous, ordonna-t-il, je vais vous ouvrir.

Oubliant ses jambes chétives, André parvint à ébranler le meuble en s'arc-boutant de toutes ses forces. Plusieurs fois, il faillit renoncer. Enfin, il distingua le panneau de la porte ; il examina la serrure. Il cherchait une idée pour la forcer, lorsque Marius apparut. Des appels au secours empreints maintenant de colère montaient. Son ancien compagnon dévala les escaliers. Il se précipita dans la cave, trouva une poutre qu'il traîna jusqu'en haut. Elle lui servit de bélier, il s'acharna maladroitement. D'abord, il ne fit qu'écorcher la surface ; André l'aida à taper plus fort, une brèche se dessina enfin. La serrure se tordit, un bruit de métal annonça qu'elle succombait aux coups. André, suivi de Marius, poussa le battant. Le papier mural composé de bandes de velours beige lui remémora celui qu'il avait fait remplacer dans la chambre de ses parents, après la guerre. On aurait dit que rien n'avait bougé ici pendant un demi-siècle.

La jeune fille se tenait à Nathanaël. André tendit une main vers le jeune homme : ce dernier la dédaigna. Les deux jeunes gens s'échappaient aussi vite que pouvaient le leur permettre leurs forces déficientes. André baissa la main, et la tête. Il se souvint du regard de Nathanaël la première fois.

Céleste claudiquait entre les murs qui menaient à la maison, la tragédie qui s'y jouait hier, et aujourd'hui encore, l'enserrait. Autour d'elle, les pierres grises et immuables étaient menaçantes. Elle s'immobilisa et sanglota... jusqu'à ce que, au milieu de l'eau de ses yeux, deux formes se dessinent : le corps d'une jeune fille soutenu par... Nathanaël ! Ils étaient sains et saufs ! Marie ralentit en l'apercevant. Sans un mot, les deux femmes se dirent leur soulagement de se retrouver.

Marie parvint même à esquisser un sourire, mais Nathanaël la tirait doucement en direction du parking. Derrière eux apparaissaient Marius et André : Céleste resta, hypnotisée. Il y avait cinquante ans de cela, elle avait vu André tuer. Elle avait trouvé cela juste. *Comment est-ce possible ? Comment l'idée de tuer avait-elle pu germer dans leurs esprits militants ?* Elle faisait face au drame qui l'avait laissée exsangue, même pas vengée. La mort de Louis n'en avait pas été atténuée. En revanche, la violence qu'elle avait cru combattre l'avait rejointe au moment où elle avait pénétré cet endroit pour mettre fin à une vie sans aucune forme de procès.

Alors qu'elle avançait péniblement soutenue par Nathanaël, Marie entendit le crissement de pneus d'une voiture qui arrivait en trombe. Elvira, sa mère, était sur l'île. À peine sortie du véhicule, elle courut vers elle, oubliant la portière ouverte. Marie pleura : la vie jaillissait, neuve, chargée de possibles. Pour la première fois depuis longtemps, elle se déversa volontiers dans ses bras ; épuisée, elle se laissa aller de tout son poids contre sa mère. Elles rirent, nerveusement, ensemble. Puis, la jeune fille s'écarta soudain, le visage crispé par la crainte :

— Maman, partons, vite. S'il revenait...

Elle ouvrit la portière arrière avec des gestes saccadés. Nathanaël s'engouffra à l'intérieur du véhicule à la suite de la jeune fille, Elvira attendit qu'ils aient traversé le pont pour lui demander où elle l'emmenait.

— À la Croix-Rousse, s'il vous plaît...

Lorsque Nathanaël arriva à l'appartement de ses parents, sa mère s'apprêtait à partir travailler, elle était déjà très en retard et ne parvenait pas à se décider ; son père était en pyjama auprès d'elle et portait une barbe de plusieurs jours. Le jeune homme lut sur leurs visages torturés les heures d'angoisse qu'ils avaient vécues. Il s'adonna à une embrassade familiale mémorable. Quand ils en furent tous rassasiés, il se nourrit et se lava. L'odeur du savon qui emplit la salle de bain, le tapis trempé par ses ablutions et le joint craquelé, chaque élément de ce retour lui apparut avec une acuité jubilatoire. Il retrouva sa vitalité en un temps record : malgré les protestations de ses parents, il insista pour se rendre au commissariat.

L'homme qui prit sa déposition avait un bureau étroit ; quelques éléments de mobilier, un siège à l'assise magistrale, par exemple, indiquaient cependant son grade de commissaire. Les murs avaient été rafraichis récemment, et une femme en uniforme vint leur proposer un café avec des biscuits. Nathanaël réclama de l'eau, il se sentait encore vaseux. Il livra un récit précis, en le commençant par l'étrange conversation qu'il avait eue avec Marius Châtelard. Il insista lourdement sur les termes employés – le fait que le verbe « tuer » avait été répété. Son interlocuteur se massa compulsivement l'oreille, recula sur son siège de façon à dévisager le garçon avec un regard interrogateur. Ce dernier, sentant son trouble, tourna la tête et fit quelques réflexions sur la machine à écrire Triumph déposée sur le côté du bureau ; le clavier de touches nacrées semblait encore alerte. Le commissaire ne répondit pas, le jeune homme se demanda si la police enquêterait sur les éléments qu'il fournissait, s'il y aurait une enquête pour… meurtre. Il ne déposa aucune requête là-dessus. En revanche, en plus de la plainte pour enlèvement et séquestration à l'encontre d'Hertzan, il s'enquit de la procédure pour abus de biens sociaux et annonça qu'il souhaitait l'engager contre Riviere. C'en était trop, l'homme se leva et déploya sa corpulence dans l'espace restreint, avant de demander à sa victime de patienter ; Nathanaël entendit sa respiration s'accélérer : le commissaire avait forcément côtoyé de près le futur maire ces derniers mois. Il revint et lui indiqua avec animosité qu'il pouvait contacter le commissariat du siège d'Erigea, s'il voulait poursuivre ses élucubrations.

En sortant du commissariat, Nathanaël se dirigea directement vers le QG de campagne. L'équipe l'accueillit avec effusion. Encore fragile, il éconduit les curieux ; il attendait le retour de Riviere pour l'affronter. Cependant, il voulut connaître les avancées de la campagne. On l'informa que les programmes qu'ils distribueraient dans les boites aux lettres étaient prêts. Il ne commenta pas le mot de « résistant » imprimé en noir et blanc ; une perche tendue qui deviendrait une première piste pour examiner les révélations de Marius…

***

Lors de son transfert en ambulance, Hertzan avait eu la présence d'esprit de se faire passer pour un ressortissant chinois. Le lendemain, une fois sorti du service d'urgence, il avait soudoyé une infirmière afin d'informer discrètement Riviere, mais celle-ci ne parvint qu'à joindre sa secrétaire. André trouva le message de Carole en rentrant chez lui, juste après celui du commissaire ; malgré son abattement, il se précipita auprès du blessé.

Quand Hertzan vit son visage décomposé, il s'inquiéta :

— Monsieur Riviere, que se passe-t-il ?

— Jean, les gamins ont porté plainte. Bon sang, tu es allé trop loin !

Jean Hertzan détourna le regard c'était comme si son prénom écorchait les murs. Son patron poursuivait :

— Écoute, je ferai tout ce qui est en mon pouvoir.

Hertzan se redressa. *Tout son pouvoir pour lui ?* Il entendit ses paroles comme dans un rêve... Si peu habitué aux familiarités de son patron il lui parut que l'on versait un baume sur ses plaies béantes. L'enchantement fut de courte durée, Riviere prit sa respiration et débita :

— Il y a des choses qu'il faut que je te dise avant que tu ne les apprennes par d'autres. J'ai essayé de faire en sorte que tu ne manques de rien, parce que ta grand-mère... c'est moi.

Jean fronça les sourcils.

— Je veux dire : c'est moi qui l'ai... tuée. Pardon.

André soupira :

— La directrice, ta grand-mère... Je regrette.

Hertzan détourna les yeux, l'instant de grâce avait glissé sur ses meurtrissures pour lui en rappeler la douleur. Il songea à sa mère : celle-ci n'avait pas eu le droit de pleurer sa propre mère, la directrice, poignardée au sommet de sa disgrâce, alors que ses dénonciations ignominieuses étaient révélées à la lumière blafarde de l'épuration ambiante ; on ne pleurait pas une traître. Sa mère avait survécu quatre ans. Jean se souvint des rares moments de joie qu'ils avaient vécus en cachette, quand son père apparaissait. Puis, il revit le jour où il avait accompagné quasi seul le cercueil de sa mère dans une petite église des Pentes pour un office sommaire, parce qu'il était indigne d'honorer une suicidée. Jean prit la parole, André se pencha afin de l'entendre :

— Ma mère, elle disait que chacun est ombre et lumière…

Puis il se retourna, marquant ostensiblement sa colère. Il avait cru qu'en se dotant d'un patron, il pouvait enfin remplir des obligations de fils, comme tout un chacun. Il avait en fait nourri celui qui avait détruit sa famille. Son échec était cuisant, à la mesure de l'abnégation à laquelle il avait consenti pour remercier… un fourbe.

Et pourtant, en lui montrant son affection, il savait qu'André Riviere avait posé une échelle dans le gouffre sans fond dans lequel il se noyait.

André s'éclipsa, Jean ne répondit pas à ses salutations.

Le vide de la chambre ne tarda pas à se remplir d'un bourdonnement de questions procédurières. Sa visite ne précéda que de quelques heures l'arrivée d'un policier perspicace qui explorait la piste de l'accident du fait de sa proximité à l'île Barbe… ce dernier avait découvert la véritable identité du pseudo-Chinois.

Du moins ce qu'il en restait : un nom, aux racines arrachées.

Plus tard, lors des interrogatoires, un policier lui demanda s'il regrettait d'avoir servi André Riviere.

Jean répondit :

— Non, j'avais choisi de le servir, cet homme-là. Je préférerais le gerber tout à fait, Riviere, mais je ne peux pas.

— Pourtant, vous avez appris qu'il a tué de sang-froid.

Jean écoutait à peine, il songeait aux requêtes du grand homme, il aurait pu rapporter de beaux gestes ou ajouter à son discrédit.

Il ajouta :

— Avoir la possibilité de servir un homme, c'est d'abord une chance... C'est quand ça s'arrête sans qu'on l'ait choisi, que ça fait mal.

17. Projets d'avenir

Pendant un mois, Marie avala un nombre considérable de téléfilms et autres bêtises télévisuelles : elle avait des difficultés à s'aventurer dehors. Elle se rendit aux auditions au bureau de police, mais y passa le moins de temps possible. Elle participa de justesse aux derniers partiels, ce qui la laissa abattue, elle n'était pas sûre de valider son année. Après avoir dépêché sa mère pour prendre quelques affaires chez Céleste, elle avait accepté avec soulagement de retourner dans son appartement, néanmoins leur cohabitation était étrange : contrairement à ses anciennes habitudes ici, Marie effectuait ses lessives elle-même, et le matin, elle lavait son bol au lieu de le déposer dans l'évier… certes, toujours en trainant les pieds. Elvira s'en félicita, mais ne parvint pas à l'aider à sortir d'un état léthargique. Angoissée et fatiguée, la jeune fille enchaînait des nuits blanches où elle chassait ses démons. Les visites de ses amis ne l'avaient pas déridée.

Cependant, quelques jours avant la fête de la musique, une invitation chez les Payin lui rendit le sourire. Elle ajustait une chemise à carreaux par-dessus son tee-shirt quand elle aperçut sa mère à travers le vitrail de la porte du salon.

— Tu ne vas tout de même pas porter un jeans troué ! tempêta celle-ci.

Marie lui renvoya son sourire et cligna des yeux sous

le soleil flamboyant de juin émis par les baies vitrées. Cette tirade digne de leurs chicanes d'antan, loin de la perturber, la rassurait… Cette fois-ci, les semonces de sa mère la ramenaient au monde des vivants.

Sa mère s'interrompit.

Elvira réorganisa les fleurs du vase pyramidal – qu'elle remplaçait depuis un mois avec opiniâtreté – et tapota le fastueux plaid rouge qui ornait le canapé depuis que Marie était rentrée à la maison. Elle recula et contempla sa fille.

— Que fais-tu ? s'étonna Marie.

Elvira s'empressa autour d'elle, toucha le tissu de la chemise, puis, n'y tenant plus, elle l'embrassa.

— Maman, je suis sûre qu'il y a trente ans, tu as mis des mini-jupes au moins aussi choquantes que mon jeans. Je n'ai plus l'âge où tu peux me faire enfiler une robe avec un col rond et des smocks sur le devant…

Sa mère rétorqua joyeusement, pour la forme. Marie ne répondit même pas, il lui semblait qu'elle refaisait surface. Elle se persuada que son cauchemar prenait fin… Dans la voiture, elle se répéta comme un mantra : *C'est fini, Nathanaël et moi, nous sommes sortis d'affaire !*

Lucie et Benjamin Payin les accueillirent chaleureusement. De son côté, Nathanaël avait préparé un « cocktail maison » versé dans des verres dont le bord était imprégné de sirop d'orgeat puis recouvert de sucre. Pendant l'apéritif, les trois parents entretinrent une conversation de politesse. Marie se sentait tellement bien… qu'elle en était presque gênée pour sa mère qui avait dû supporter la morosité de sa longue convalescence.

Soudain, Elvira se tourna vers Nathanaël pour lui demander en plissant le front comment s'était déroulé son retour à la vie normale.

— Eh bien, j'ai passé ma soutenance avec un peu de retard, répondit-il avec un regard engageant vers ses parents.

— Bravo, tu as bien encaissé le choc… commença Marie.

— Il a perdu les élections, mais on est très fier de lui, intervint Lucie.

— Ce qu'ils ne disent pas, c'est que Riviere a osé me dire qu'il regrettait, je me suis fait un plaisir de le rembarrer ! fit-il avec force. Et il ne perd rien pour attendre !

Marie se recroquevilla, un silence suivit ses paroles, mais elle sentit bientôt son regard se poser sur elle.

— Et toi, Marie que deviens-tu ? ajouta-t-il doucement.

Sous le regard insistant et taquin de Nathanaël, la jeune fille se redécouvrait un avenir ; soudain, ses études reprenaient du sens. Qu'importait un accident de parcours, elle serait chercheuse et elle savait de nouveau pourquoi. Elle se fit espiègle, poussa le jeune homme dans ses retranchements : elle lui demanda si son diplôme de commercial l'emmènerait quelque part. Là, elle allait trop loin, elle se mordit les lèvres. Benjamin se racla la gorge et intervint :

— Tout le monde a besoin de commerciaux de nos jours, il n'aura aucun mal à trouver du travail.

Nathanaël le reprit :

— Est-ce vraiment ce que tu souhaites pour moi ?

Son père lui fit un signe d'impuissance ; le jeune homme annonça sur un ton naturel :

— Je vais m'engager en politique, en fait.

Marie sursauta :

— Ton aventure avec Riviere ne t'a donc pas vacciné ?

— Lui cherchait juste à arriver quelque part, il s'acquittait de sa tâche pour lui, pour sa caste ; la politique l'a fissuré de l'intérieur parce qu'il ne se donnait pas à ce qu'il faisait.

La jeune fille se radoucit :

— Et toi, comment vas-tu procéder pour ne pas te perdre dans l'exercice du pouvoir ?

Le visage de Nathanaël s'éclaira :

— La politique est une sorte de labyrinthe... dans lequel je vais m'essayer, essuyer des plâtres et des affronts, et peut-être m'enivrer de puissance ; mais il y a une chose que j'aimerais que vous compreniez : je ne vais pas m'y perdre, parce que la politique, c'est chez moi !

Les yeux de Marie l'encouragèrent ; il reprit sa respiration et poursuivit :

— Mon trip, c'est d'exercer le pouvoir, et tant pis si c'est mal vu. Il en faut bien un pour endosser les responsabilités. Le fait de prendre les choses en mains... tiens, le stationnement des Croix-Roussiens par exemple : si j'avais le moyen de décider de leur sort, je le ferais parce que cela me correspond.

Il bomba le torse et ajouta avec ferveur :

— Et si vous voulez tout savoir, j'espère qu'il y aura des moments victorieux, j'en rêve même, et ils seront mérités, parce qu'il y aura aussi du boulot.

Nathanaël était sûr de lui. Marie songea qu'il avait quitté son enveloppe d'étudiant et mué vers un nouveau statut : il était un acteur avec lequel la société devrait compter.

Elvira gardait la bouche ouverte pendant que les

parents du jeune homme soupiraient, sans cacher leur fierté cependant. Quant à Marie, elle était subjuguée ; Nathanaël lui jeta un clin d'œil triomphateur. Lucie se leva pour apporter le dessert, son fils la complimenta, néanmoins, dès la dernière bouchée, il regarda sa montre et proposa :

— Si ça ne vous dérange pas, j'emmène Marie à la fête de la musique.

Le visage de Marie laissa deviner une approbation explicite, et, apparemment, cela ne dérangeait personne ; les adultes échangèrent un regard entendu. Elvira rétorqua sur un ton faussement triste :

— Bon, je crois que je vais manger seule ce soir.

***

Marie hésita longuement avant de se rendre chez Céleste pour récupérer ses affaires. Bien qu'elle eût toujours les clefs, elle sonna en arrivant. Lorsque sa logeuse ouvrit, la jeune fille vit un sourire inonder son visage ridé. *Comment a-t-elle pu penser que le visage d'une vieille dame est inexpressif ?*

— Tu es revenue ? demanda Céleste d'une voix émue.

— Je ne sais pas encore, peut-être bientôt après tout, cependant, je vous préviens, je n'ai pas renoncé à ma musique de dégénérée et à mes grasses matinées.

Retourner se jeter dans les griffes de ce dragon n'est pas une idée raisonnable, songea Marie en souriant. Mais elle n'avait pas envie de se comporter de façon raisonnable, même si quitter l'appartement de sa mère lui faisait peur maintenant.

— Tu ne changeras donc jamais ? fit Céleste en reprenant son air pincé.

L'étudiante la sonda du regard et elles éclatèrent de rire.

— Entre, je suis contente que tu sois là. Écoute, et si nous fêtions ta venue avec un verre de brandy ?

Cela ne peut pas être pire que son thé dans ses tasses de dînette, pensa Marie en acceptant. Assise à l'intérieur du petit salon, la jeune fille se sentit de retour. Elle lui parla de ses « envahisseurs » :

— J'ai réalisé que je pouvais survivre sans ces lavements délirants. Mon enfermement a eu ça de bon.

Elle ne lui dit pas les nouvelles angoisses qui avaient émergé du néant qu'elle avait traversé, elle préféra évoquer le scintillement qui maintenait une lueur rassurante dans sa nuit.

— Et puis, il y a autre chose…

Elle lui confia les sentiments qui avaient surgi en elle, en butant sur les mots. Qu'importait…

— Vous vous souvenez quand vous me parliez de Louis ? Eh bien, pour la première fois, j'ai envie… Enfin, pas seulement de… Vous saisissez ? J'ai envie d'un peu plus, peut-être pour toujours, enfin, peut-être pas quand même.

Céleste la considéra avec un air réjoui.

— Marie, je suis fière d'être ta confidente, et tout le bonheur que je n'ai pas pu vivre avec Louis, si je le pouvais, je te le donnerais. Sois heureuse.

Sa voix tremblait plus qu'à l'accoutumée. Marie allait lui exposer sa forfaiture, l'ignoble pacte qu'elle avait conclu avec l'ogre, lorsque Céleste prit la parole.

— C'est à mon tour de t'avouer quelque chose d'important… Marie, il faut que tu saches… Après la guerre, nous étions déboussolés. Nous ne savions plus rien de la valeur de la vie. Chacun réglait ses comptes, nous avons réglé les nôtres. Tu dois comprendre. La vie, on nous la prenait pour un rien... Et moi, je venais de perdre Louis. En l'enterrant, j'avais enterré une part de moi-même. Sa mort, c'était injuste, terriblement injuste.

Elle dut s'interrompre, elle continua d'une voix d'outre-tombe :

— Je ne sais pas comment j'en suis arrivée à un tel niveau de haine, mais toujours est-il que j'ai dérapé : j'ai été aussi vile que ces êtres que j'exécrais. Marie, avoua-t-elle en la regardant droit dans les yeux, quand André a donné son coup de couteau, je n'ai pas baissé les yeux.

La jeune fille était confuse : *De quoi parle-t-elle ?* Céleste dut lui préciser que les révélations concernant le geste meurtrier perpétré par Riviere les impliquaient aussi, Marius et elle, en tant que résistants investis d'une mission, du moins, le croyaient-ils. Progressivement, elle réalisa l'ampleur du désastre, un peu comme un ivrogne qui commence à dessaouler. Elle essaya maladroitement de revenir en arrière, d'expliquer, encore. La jeune fille s'était levée.

— Marie... exhorta-t-elle en avançant la main.

Elle poursuivit :

— Mets-toi à notre place : les Boches, les Allemands, ils nous ont volé notre jeunesse. Parfois, lorsque je rentrais d'une réunion clandestine de la Résistance, je me disais que je n'aurais plus la force d'y retourner parce que je ne voulais plus entendre les horreurs qu'ils faisaient subir à nous, les Français, dont le seul tort était de s'être laissé envahir. Le pire pour nous, c'était d'apprendre que certains Français avaient basculé de l'autre côté. Et là, en plus, cette traîtresse, elle m'avait pris Louis, toute la vie que j'avais devant moi en somme…

La jeune fille, horrifiée, lui fit signe de ne pas s'approcher et détourna les yeux. Elle se dirigea vers une fenêtre. Elle savait pourtant que la vieille dame avait trempé dans une histoire sordide et que c'est pour qu'elle se tût qu'on l'avait enlevée. Le délai de prescription était dépassé, Marie n'avait pas demandé à en apprendre plus. Elle balbutia :

— Céleste, je… je vais aller chercher mes affaires.

Elle ajouta :

— Je n'ai pas vécu la guerre. Pour moi, les Allemands, c'est la famille qui m'a accueillie pour un échange scolaire. Ce sont des Européens.

— Oui, bien sûr. Il faut que la nouvelle génération reconstruise. Mais moi, je ne pourrai jamais pardonner : c'est comme ça.

Les plis de son front, de sa bouche, tout son visage s'effondrait. La jeune fille s'emporta soudain :

— Céleste, vous avez porté cette infamie pendant toute votre vie ; malheureusement, vous n'avez pas pu payer pour cela : il aurait mieux valu que vous fassiez quelques années de prison, mais il est trop tard pour changer cet état de fait. Maintenant, il va falloir continuer de vivre avec cette histoire, et pour commencer, pourquoi ne pas laisser votre mort au placard ? dit-elle en désignant les albums photos.

Sa vieille amie baissait la tête. Marie ne s'en émut pas ; elle renchérit :

— Vous savez, votre amour, il est comme une statue lisse mais froide. Il est beau, mais pas vivant.

Elle se demanda si Céleste l'avait entendue. Celle-ci hochait la tête, absente et indécise, comme si on lui demandait de choisir de donner son argent pour le calendrier des pompiers ou pour celui des éboueurs.

Finalement, elle se leva de son siège, elle proposa de se revoir sans se retourner. Marie montra prendre ses affaires en se jurant de revenir bientôt.

***

Quand Céleste se réveilla le lendemain matin, elle but un verre d'eau minérale et elle se dirigea vers la salle de bain. Elle nota mentalement que le robinet en col de cygne du lavabo gouttait toujours et qu'il faudrait changer de plombier. Puis, elle pénétra à l'intérieur de la douche en s'aidant de la barre d'appui ; l'eau chaude activa ses pensées et une évidence apparut... Elle trouva au fond de son armoire une robe simple et fleurie qui changeait de sa sempiternelle jupe noire et du chemisier blanc qui ne manquait pas de l'accompagner. Elle s'habilla lentement ; la robe se boutonnait sur le devant, car elle ne pouvait plus fermer les fermetures Éclair dans le dos. Enfin, elle s'assit à sa coiffeuse pour remonter ses cheveux en chignon. Quelques mèches se dérobèrent : elle toléra qu'elles restassent ainsi relâchées. C'était une journée ordinaire, et pourtant, une légèreté inhabituelle s'immisçait. Elle se résolut à se rendre à pied vers le centre de la Croix-Rousse : si la fatigue la prenait en route, elle trouverait bien un bus. Le trajet lui prit une bonne demi-heure.

Lorsque Céleste pénétra dans le café de Marius, elle s'arrêta à l'entrée, charmée par la patine des bois qui s'offrait à son regard exigeant : elle apprécia les sillons des poutres, le vernis chaleureux du bar, les irrégularités du plancher, la force brute des tables en chêne. Son ami était attablé de dos avec une femme qu'il semblait bien connaître.

— … Ce gars, il était le petit-fils de la directrice. On lui a bousillé toutes ses chances d'entrée de jeu, concluait-il sur un ton accablé en se levant pour accueillir sa cliente.

Il resta cloué au sol, la bouche ouverte. Elle sourit.

— Ne faites pas attention à moi, rétorqua-t-elle, amusée.

Il bafouilla en lui présentant son amie Annie.

— Vous parliez de Jean Hertzan ? demanda-t-elle à brûle-pourpoint. Satanée guerre, n'est-ce pas ?

Le sexagénaire s'assombrit, il se reprit et ajouta :

— La guerre ne peut pas tout excuser, nous sommes coupables du malheur de ce gars.

Son amie encaissa l'accusation avec résignation : *Il a raison, tellement raison,* pensa-t-elle, tandis que Marius s'activait :

— Je t'apporte un café ? Tiens, installe-toi, proposa-t-il.

Célesta accepta en s'avançant, elle salua Annie et s'assit. Cette dernière prétexta :

— Je vous laisse, je vais acheter des cigarettes.

Marius revint avec une tasse fumante. Il marqua un temps d'arrêt.

— Oups, j'ai oublié la cuillère…

Il se releva pour la chercher. Il eut à peine le temps de se rasseoir qu'elle posait sa main sur la sienne.

— Je suis contente de te voir, commenta-t-elle.

Il se racla la gorge et s'excusa :

— Désolé, je ressasse nos mauvais souvenirs depuis l'arrestation de Jean Hertzan.

— Moi aussi. Il est lourd, ce boulet que nous traînons depuis si longtemps.

Un silence embarrassé s'établit entre eux deux. Marius glissa :

— Voudrais-tu que nous le portions à deux, le boulet ? C'est le mien aussi.

Céleste ne répondit pas sur-le-champ. Elle ôta sa main pour touiller son café puis désigna une photo de paysage : un large horizon qui ouvrait sur la nature, des alpages verts ondulant sous le soleil clair et pur du grand air.

— Ce sont tes montagnes ?

Quand Annie rentra avec la délicatesse d'un éléphant dans un magasin de porcelaine, elle les surprit côte à côte devant le cliché. Ils se retournèrent.

— Vous êtes beaux tous les deux, dit-elle simplement, le sourire jusqu'aux oreilles.

Ils rougirent un peu. Marius posa sa main sur l'épaule de Céleste. Annie fit mine de partir ; Céleste la retint.

— Annie, restez, j'ai tant à apprendre sur ce qu'a vécu Marius ces dernières années. Les hommes ne parlent pas. Vous me raconterez tout, voulez-vous ?

Celui-ci s'esquiva bien volontiers aux cuisines.

Les deux femmes sympathisèrent tant et si bien, qu'au bout d'une heure de conversation, Annie laissa échapper :

— Je n'arrive pas à imaginer que vous ayez pu tuer.

Un silence coupa net l'entente cordiale. Annie bredouilla :

— Désolée. Je sais que ce n'est pas vous qui…
Elle se tut.

— Qui sait ? J'aurais pu la frapper, murmura finalement Céleste dans un souffle.

Elle poursuivit :

— Toutes ces horreurs… Nous avons voulu croire que nous pouvions y mettre un terme. Et puis vous voyez bien : la violence, elle a poursuivi son chemin. La vie brisée de cette femme et de son enfant…

Elle soupira :

— Nous avons été bien présomptueux de penser que nous pouvions nous venger de la guerre.

Annie la regarda avec compassion ; la vieille dame maintint ses yeux rivés vers la table. Marius avait surpris la fin de la conversation et s'approchait doucement.

Céleste reprit :

— En utilisant nous aussi la violence, nous avons vendu notre âme au diable.

Un bruit de chaise indiqua que Marius les rejoignait.

— Vous aviez vécu des moments terribles, glissa Annie.

— Non, Annie : plus d'excuses. Nous sommes coupables. Et je veux le dire avec conviction : la violence, il ne faut pas l'ignorer. Quand elle est passée quelque part, elle laisse des traces indélébiles. Nous n'aurions pas dû essayer de les effacer, il fallait la regarder en face et dire : Non, plus jamais !

Marius s'élança alors vers son amie, et posa avec affection ses deux mains sur ses épaules, en signe de soutien et d'acquiescement.

***

Dehors, les arbres rendaient leurs dernières feuilles, ils capitulaient. Jean Hertzan ayant refusé toute aide juridique de sa part, André attendait son avocat en contemplant l'hiver annoncé à travers ses baies vitrées, les mains croisées derrière le dos. Il finit par s'asseoir et regarda avec attention une toile achetée à sa demande par Carole : une semaine après les élections perdues, Corinne avait déposé dans sa boite aux lettres une invitation au vernissage d'une amie. André Riviere avait sillonné les pièces éclairées par les lumières vives de ces tableaux talochés. La veille, l'une d'entre elle avait pris place à côté du portrait de son père.

Sa secrétaire entra soudain avec de lourds dossiers sous les bras et un air résigné.

— Tiens Carole… Mais…

André jeta un coup d'œil à la pendule qui lui apprit que sa secrétaire avait dépassé son heure.

— Vous me les rapporterez demain.

— C… Comment ?

— Cela attendra, décréta-t-il : votre journée est achevée.

Quand elle sortit, André se tourna vers le tableau de son père : oui, sa place était vraiment ici, à Erigea, il continuerait de l'occuper, quoiqu'en pensent ses sous-fifres haletants… peut-être différemment cependant.

Maître Venet pénétra à son tour dans son bureau. Son pas était lourd, son dos courbé, Riviere songea qu'il faudrait le remplacer un jour. De nombreux dossiers étaient en cours : un procès pour discrimination par l'âge, un contrôle fiscal aux conclusions pénibles, sans compter une plainte pour abus sociaux lancée par Nathanaël – il l'affronterait à sa façon, pragmatique : le jeune homme n'avait pas besoin de cette victoire pour avancer. L'affaire qui le préoccupait était celle qui l'opposait à Jean. Ce dernier avait confirmé que l'homme d'affaires n'était pas donneur d'ordre de la séquestration des deux jeunes ; maître Venet ne traiterait donc que l'exécution sommaire de la directrice.

— S'il vous poursuit pour crime de guerre, vous risquez gros. En revanche, si nous parvenons à requalifier en crime, il y a prescription, annonça celui qu'il appelait « son vieil ami » en soufflant bruyamment.

André fronça les sourcils, se tourna vers le mur comme il en avait l'habitude, se cogna à l'animation de rue de son nouveau tableau et se concentra.

— Vous allez travailler sur tout ce qui montre la valeur de la grand-mère de Jean Hertzan ; elle n'a pas fait que collaborer avec l'ennemi. Je veux que vous trouviez des témoignages qui permettent à Jean de trouver un peu d'humanité dans cette fichue famille. Il y a forcément un côté pile et un côté face, vous me comprenez ?

L'avocat hocha la tête, en le regardant fixement. Riviere s'expliqua :

— Vous construirez un contre-argumentaire sur le thème : « La directrice n'était pas une collabo et nous n'avions aucune raison de la tuer pour ce motif. »

Il ajouta :

— Je veux que vous vous assuriez que Jean reçoive bien cette partie du dossier, je paierai ce qu'il faudra.

Quand maître Venet sortit de son bureau, André songea qu'il était temps d'œuvrer pour son ancien compagnon. Il ne laisserait pas Jean Hertzan l'en empêcher. Il retourna à la baie vitrée. La nuit s'installait. Il en regardait les lueurs, danser, au loin. Le temps s'ouvrait à lui.

Épilogue

Pendant les mois qui suivirent, l'ambition de Nathanaël fut freinée par l'échec de sa liste. En réaction, il migra vers la capitale. Il devint plus mesuré. Il emportait avec lui un atout insoupçonné : en dépit de son jeune âge, il connaissait les arguments politiques pouvant toucher les seniors. Il pénétra ainsi la chambre des députés par la petite porte… un passage ouvert par son père en réalité : Benjamin s'était résolu à accepter un poste à Paris, une épreuve à surmonter pour rester en société et subvenir à ses besoins. Une rencontre fortuite lui permit d'offrir une chance à son fils. Le quadragénaire avait eu du mal à quitter le sourire de son épouse et son domicile ; Nathanaël, lui, embarqua Marie lors de son installation. Celle-ci se lança dans une thèse et finit par apprécier l'arrivée de sa mère dans un autre arrondissement, en tant que traductrice : « Une opportunité extraordinaire ! » disait-elle à qui voulait l'entendre. Personne ne fut dupe : Elvira se rapprochait de sa fille. Marie emmena avec elle sa fragilité. Cependant, sa compulsion à se laver les mains avait bel et bien disparu. Les bonnes manières acquises avec Céleste ne lui furent d'aucune utilité, mais elle garda l'habitude de se maquiller et de prendre soin d'elle, ce qui ne fut pas pour déplaire à son compagnon.

Quelques années plus tard, Nathanaël et Marie eurent la surprise d'apprendre que Dimitri et Virginie s'étaient installés dans un port près de Nantes. Dimitri avait lâché son « bullshit job », comme il le désignait dans son jargon de finance internationale, et avait repris le bateau de pêche familial.

Céleste et Marius se rendirent ensemble, une première fois, puis régulièrement, dans les montagnes de la photo. Gérard, le fils de Marius, y venait déjà avec plaisir. Des électrons libres de leur nouvelle vie gravitèrent autour de la nappe à carreaux rouges de la pièce centrale. Et, Céleste apprit à ranimer les braises quand elles menaçaient de s'assoupir. Son fils Pierre daigna même faire une courte apparition, sa curiosité prenant le dessus. Il finit par lui avouer que ses révélations lui avaient permis au moins de mieux comprendre sa mère, ainsi que la distance qui sévissait entre eux. Il en était affecté, mais libéré aussi.

Finalement, Marius et Céleste continuèrent à porter le poids de leur boulet, mais leur va-et-vient donna des airs de villégiature à leur séjour hivernal à la Croix-Rousse : leur passé sinistre se fit plus lointain.

Jean Hertzan nourrit une rancune durable envers André Riviere… et une forme de reconnaissance pour ses visites hebdomadaires : elles furent l'un des rares plaisirs de son univers carcéral. Il n'en montra rien cependant, jusqu'au jour où André lui apprit qu'il avait retrouvé une trace de son père dans un cimetière de Saint-Fons. Les recherches effectuées par l'avocat sur la la directrice l'avait conduit à son gendre fantôme, bien que le maire de cette ville eût vidé toutes les tombes des Chinois sans ayant-droit – raison de l'enterrement en catimini de l'étudiant dont on ne soupçonnait de toute façon pas la vie cachée. Sa mort avait d'autant plus été dissimulée par la direction de l'entreprise où il travaillait pour payer ses études, que les dirigeants craignaient qu'on les obligeât à mettre en place les barrières de sécurité qui lui auraient sauvé la vie.

— Maman avait appris d'un collègue qu'il avait soi-disant rejoint la révolution chinoise. Elle n'y avait jamais cru, commenta Jean.

Grâce à son mentor, le détenu sortit de prison au bout de cinq ans. Pas de dérapage à la sortie, il ne s'était lié avec personne. Il fut néanmoins contacté par des caïds de son passé marseillais, une récidive le ramena sous les verrous. Les parloirs rythmèrent de nouveau son emploi du temps ; André lui offrit une fidélité à toute épreuve. Cette fois-ci, il la prit avidement, comme un médicament qui soulage sans guérir, seule concession à la vie éteinte qui coulait dans ses veines.

André était de ceux qui cherchaient ce qui pouvait être fait sans perdre de temps à palabrer. Il était inutile de se demander si son action auprès de Jean suffirait : rien n'y suffirait. Mais il aurait agi…

Les dernières années où il travailla chez Erigea furent assurément moins efficaces, mais plus humaines, et lui permirent de garder la tête haute. La seule concession qu'il fit à son âge fut un désengagement de la Ligue, qu'il confia à des étudiants de Stanford. Ces derniers s'empressèrent d'en effacer la consonance martiale, en lui donnant un nouveau nom aux espérances internationales. Le vieil homme signa son retrait définitif avec sérénité, cet acte ressemblait à un armistice pour lui. Quelques temps plus tard, il fut étonné de l'ampleur que prenait le réseau. Ses acquéreurs avaient su le développer au gré de l'air du temps : une fois de plus, Riviere avait eu du flair.

Remerciements

Merci à Raphaël qui m'a aidée à mettre en scène cette histoire.

Merci à mes bêta lectrices, notamment Céline Bernard, qui a su dénicher un bon nombre de coquilles et m'ouvrir des pistes d'amélioration.

Merci aux spécialistes dans le domaine des campagnes électorales, particulièrement à Marc Augoyard, ex-directeur de cabinet qui m'a permis de voir la politique sous un angle nouveau.

Merci à Stéphanie, professeur d'illustration, qui a su capter l'essentiel de *Dernière Ambition* pour le transmettre à ses élèves de l'EDAIC, dont Valentin Lamoureux, créateur illustrateur de la couverture. Son graphisme a donné une aura mystérieuse au livre.

Note aux lecteurs et aux lectrices :
Rendez-vous sur mon blog ou sur facebook si vous voulez en savoir plus sur moi et mes écrits.
Mon blog : https://ecritetlu.blogspot.com//
Et laissez votre avis sur vos sites d'achats ou de lectures (comme Babelio) : toute critique constructive permet d'avancer !